代役パパのものまね主婦大作戦

岩本恭省
Kyosei Iwamoto

黎音　　恭省　　　　　　　　　　恵美　　麗奈

家族

絵画

『夢』
Size:623×473

『空《KU》』
Size:930×715

『夫婦』

Size:654×503

『親子』

Size:515×657

『希望』

Size：625×475

代役パパのものまね主婦大作戦

代役パパの
ものまね主婦大作戦 ―― もくじ

第1章　私と家族

第2章　偉大なママを識《し》る

第3章　ママの病気を治すために

第４章　一進一退をくり返しながら

第5章　急転回

第1章

私と家族

「絵」と「ものまね」

私は、子どものころ、両親が働いていましたので、かぎっ子でした。

母親が新聞広告の折り込みチラシを集め、そのチラシの裏側の白いほうを表にして綴《と》じてくれたものに、大好きな絵を描いてよく遊んでいました。

私たちの子ども時代は、遊びといっても最近のようにファミコンもテレビもないので、せいぜい本を読んだり、絵を描いたりというものでした。

私は絵を描くことがとても好きでしたが、なぜか五十歳になるまで正式にキャンバスに向かうという行動に出たことはありませんでした。

でも、よくよく考えてみると、「絵」というものは、基本的に何かの〝模写〟であるわけです。

対象となるものが、人物にせよ、風景にせよ、花や果物のような静物であるにせよ、その対象物を模写するための観察力はとても重要になります。

私は、ものまねをするときに、自分の顔をまるでキャンバスのように、相手の顔の特徴を思い浮かべながらメイクします。このことは、私の中ではある意味絵心を持って描くことと少しも変わらない行為だったのです。

したがって私は、メイクするという行為に移るまで、ものまねをする対象となる人の観察は非常に怠りなくやっていたわけです。それは、顔の造作にとどまらず、目や口の動きを含む表情のつくり方から、身体《からだ》の動かし方、話し方、声音《こわね》、声の性質、雰囲気、クセ、感情移入の仕方に至るまで、ものまねの基本であり、最も重要なポイントだったのです。

それは、ものまねという仕事をやらなければならないから観察していたというよりは、その人が歌っているところを見て聞いているうちに、自然とその人の特徴がデータとして私の頭の中に刻み込まれていっているという、いわば〝天職〟のようなものを自分で感じることがありました。

特に私は、観察力のみならず、洞察力も重要だと思っています。

同じようなものではないかと思われるかもしれませんが、正確には全然違うのです。

「観察」とは、見た目を間違わないように見極めることなのですが、「洞察」とは、見通す、本質を見抜くという意味なのです。「外見だけ」と、「内面から外見に及ぶまで」というほどの違いがあるのです。

ものまねといえば、基本的にはみんな声と動きと表情だけでふつうするのですが、私は対象となる歌手の歌心《うたごころ》とか、生き方にまで近づいてみたいという気持ちで挑《いど》むのです。

もちろんその歌手を一〇〇パーセント模写することはできるわけもないのですし、人の心の中がすべて理解できるわけもないのですが、そのような気持ちを持って臨まなければ、自分の気がすまないのです。

たとえば、布施明さんが歌うときのあの〝せつなさ〟はいったいどこからくるのだろう、と思ったときに、そのせつなさだけをまねしようとしてもダメです。布施さんのせつなさの要因は、幼いころの何かの経験からきているのだろうかとか、失恋回数が多いのだろうかとか、そこまで踏み入って近づき、自分が本人と同調できる気分ができあがったときに、初めて歌でそれを表現する。すると、こんな感じになるのではないか……。私はそんなふうに、クソ真面目にものまねをするのです。

他の例を挙げると、たとえばギターを弾きながら歌うロック歌手を真似するときに、声だけでギターはアテぶりではやはりダメなのです。ちゃんと本物のコード進行を覚えてギターを持つようにすることで、その歌手が弾きながら歌っている芸の本物らしさというものが出てくると思うのです。

ですから、ギターを飾りのように弾く真似をしてただアクセサリーのように持っているだけの人を見ると、私なりにはまだまだなと思うのです。

そのような背景が影響しているかどうかはわかりませんが、和田アキ子さんのものまねをするとき、ステージの中央に歩いていくアッコさんと歩き方がそっくりだと言われたことがあります。

じつは、私のイメージでは袖からセンターまで歩いていくアッコさんの姿というところまでは、あまりイメージがなかったのです。

でも見ている人には、歩いているところの猫背っぽいところまでそっくりだなと言われて、私のほうがびっくりしてしまいました。

意識していないのに歩き方が似て見えたというのは、多分こういうことでしょう。アッコさんは非常に恥ずかしがり屋で、歌い出すまでものすごく緊張しているそうです。そしてどきどきしているままで歌い出し、自分の歌の世界に完全に入り込んだところから、「よっしゃー！」みたいなのりになって、アッコさんらしい歌心が本当の意味であふれ出す――。そのようなアッコさんの内面性は私のものと非常に似ているのです。そのために、意識せずに私の内面と同調、共鳴していたということになるかもしれません。

私の家族

私は昔、地元の札幌でライブパブ「ガンダム」という実演を売りものにする店を営業していました。

もともと、バンドのボーカルをやっていて、クラブ歌手の経験もあったので、アーティストが東京から札幌に遊びや仕事で来たときに、必ず立ち寄ってくれるという、けっこう知る人ぞ知る店でした。

芸能界への進出は諦めていたので店をやっていたのですが、その店が評判になって、いろいろな芸能人が大勢やってくるようになりました。芸能人の間では話題の店だったのです。

その店をきっかけに、私は諦めていたはずの芸能界に足を踏み入れることになるのです。

妻の名は恵美《えみ》、同郷の人で昔から知っていました。私より十歳年下ですが、趣味や食事の好みも合うので、とても自然体で心置《こころお》かずともよい伴侶なのです。

子どもは二人です。長女の麗奈《レイナ》十歳、その下に長男の黎音《レオン》八歳。

妻は独身のとき、子どもはあまり好きなほうではなかったはずなのに、いざ子どもができると可愛くてしかたがないといったようすで、女の人は子どもができると変わるというのを実感しました。

そして、月並みですが四人家族のうち、血液型は、私だけがA型で、妻と子ども二人はO型です。

干支は、女二人が寅《とら》で、男二人は辰《たつ》。

昔流行った動物占いでは、妻はライオン、私は黒ヒョウ、レイナはオオカミ、レオンはチータと、全員肉食獣です。全員焼肉好きはここから来ている？　ハハハ……。

子どもの名前は私が名付けました。これからもっと国際的な社会になることを予想すると、名前もそういう社会でなじみやすいほうがいいだろうと思い、女の子は、外国人のレイラという名前からヒントを得て、「レイナ」にしました。

「レオン」も国際社会に向けてという発想は同じで、私が音楽とともに歩んできたところから、音楽の「音」という字を当てました。

性格をひと言で言えば、お姉ちゃんは〝しっかり者〟、弟は〝甘えん坊〟、そして、声を大にして言いたいのは、二人とも〝パパが大好き〟だということです。これは親の思い込みでないという証《あかし》はこのあとお話ししましょう。

私に似たところと言えば、あまりいい表現ではないかもしれませんが、人の顔色を窺うところかもしれません。

私は職業柄、たとえ仕事仲間と銀座や六本木に行って飲んでも、必要以上に意識して真面目にしているところがあり、その分、とてもストレスがたまります。

ところが、子どもたちを見ていると、これが「ＤＮＡ」というものなのでしょうか、まだ年端《とし》《は》も行かないのに繊細なところがあり、一生懸命いい子を演じようとしている（!?）ところにふと気付くときがあります。そんなとき自分に似ているなあとつくづく思います。

年遅くできた子どもなので、ものすごく注意深く子どもを見ているところもありますし、人として恥ずかしくないよう育ってほしいという願いもあり、うちでは家族が必ず朝晩ハグし合うことを習慣としています。

つまり、「おはよう」「おやすみ」のときはもちろんのこと、それ以外でもスキンシップで家族同士わかり合うようなことを大事にしてきています。

私の方針でやるようにしたのですが、子どもが今よりももっと小さいときからそうしていますから、朝起きたときなど、眠くてボーっとしていても、ただ「おはよう」ではなく、「おはよう」と言いながら抱きついてくるのです。

娘のレイナのほうは、さきほどしっかり者と言いましたが、それに付け加えるとすれば、スポーツ万能の活発な女の子といった感じです。

身体も大きいほうですし、元気がよくて、友達と遊んでいても自分がリーダー的存在になっていて、自分でゲームを考えてこうしようとか、周囲の人間をぐいぐい引っ張っていくようなところがあります。

息子のレオンは、先にお話ししましたとおり甘えん坊です。そして、パパが好きな野球チームは自分も好き、パパが好きと言った人は自分も好きになるといった徹底したパパのファンです。

パパに褒められるのであれば、お手伝いも一生懸命やるし、パパが〝ゴルフ好き〟なら、自分も異常なほど真剣にゴルフをやります。

学校の同じクラスの父兄に聞くと、

「うちの子なんてゴルフに連れていっても三十分と持たないね。最初はやっていても、後はもうゲーム機で遊んでるよ」

という話を聞かされます。ということは、私がゴルフを好きだということが特にレオンの場合、ゴルフをやる動機付けになっているようなのです。

私は子どもには自分の意思を尊重させたいので、私からゴルフをやるように押し付けたことはありません。

でも、五歳のとき、誕生日にジュニア用のちっちゃいクラブセットを与えたのがきっかけで、ボールを打っているうちにゴルフが好きになったようなのです。

レオンは四歳から始めたサッカーも好きです。本当はサッカーのほうがゴルフよりも好きというサッカー少年なのですが、お父さんの手前、気に入ってもらいたいからか、一心にゴルフをやるというのが彼の本音のようです。

父親として特別厳しいしつけはしていませんが、遅くできた子どもだから、可愛さのあまり甘やかすことがないように気を付けています。たまに大きな声で叱ると、父親をコワイと思うようです。

二人の子どもが『ものまねバトル』の最強応援団

ご存じの方は多いと思いますが、年に四回放映される『ものまねバトル』（日本テレビ）という二時間〜二時間半の高視聴率番組があります。

私はキャリアからいってもコロッケちゃんと並ぶ番組当初からの出演者

ですので、その出演者のチームリーダーを務めさせていただいています。

子どもたちは、この『ものまねバトル』を毎回ビデオに録って最低二週間は毎日見ています。私のところだけではなく、番組全部を見ていますから、番組自体も好き、ものまねも好きということなのですが、プロの私から見てもその熱心さに感心させられます。

そして、私が仕事をしていて一番心が痛むのは、この『ものまねバトル』で対戦して私が負けたとき、二人の子どもが泣くことです。

私のところへやってきて、泣きながらパパのほうが絶対に良かったと言ってくれるのです。逆に、勝ったときは大喜びしてくれます。

コロッケちゃんと対戦すると、だいたいコロッケちゃんが勝つのですが、レオンが五歳のとき、レオンと共演して「マツケンサンバⅡ」をやったときは勝ちました。

最後、私がレオンを抱っこして審査の結果を待つときに、レオンが審査員に向かって、「よろしくお願いします」と言ったのです。それで点数が入ったようなものです。たとえ五歳でもそれはわかるようで、レオンはとても自慢げでした。

こんなに小さいのに、自分の子どもというものは本当に不思議なものだと思います。「子」でありながら、まるで「親」のように、無償で私のことを気遣ってくれ、うれしいことがあれば自分のことのように喜んでくれるのです。

戦いの予兆

戦いが始まったのは、平成十九年の夏でした。

結婚が遅かったのと、子どもは作らないつもりでいたこともあり、比較的、親の年齢の割りに子どもは小さいのです。

妻は二人の子どもを順調に育てて同じ小学校に入学をさせ、まずはひと安心のころでした。幼稚園のときは毎日、送り迎えに追われ、雨の日も風の日も本当によく頑張ったと感心します。子ども二人もですよ。

子どもたちが入学した小学校は、自宅から徒歩で二分もかからない、ものすごく近いところにあったものですから、玄関を出て校門に入るまで子どもの姿を見送れるほどです。幼稚園のときの送り迎えから解放された彼女は、これから少しは楽ができると喜んでいました。

ちょうどこのころからだったでしょうか、妻の身体に小さな変化が起き始めたのです。普段風邪などひいたこともない妻が、その年の二月にインフルエンザに罹《かか》り、少しだけ体調を崩してしまいました。しかしそのときは大事に至らず、何も無く通り過ぎたのです。

〝年齢の割りに元気なママ！〟という感じの妻でしたから、病気というコトバとは本当に無縁の女性だったのです。

男性の自分などは情けないもので、三十七度の微熱が出たくらいでヘナヘナとなり、すぐに寝込んでしまうのですから、そんな自分に比べると、「女性は強い！」といつも感じていました。

そんな彼女が最近、突然汗をかいたり、いわゆるホットフラッシュ（のぼせ、ほてり）が起きたり、軽い目眩《めまい》がしたりするようになったのです。妻の身体の異変は、自分も、そして彼女自身も「これって軽い更年期の始まりじゃないの？」なんて笑い話で済ませていました。

「生理が早く始まった女性は早く上がる？　妻もその部類に入るのかな？」なんていうことも頭をよぎりました。

そうこうしているうちに、彼女は小学校の父母会の役員の仕事に就くことになります。役員は苗字のアイウエオ順で決めます。自分の名前は岩本で「イ」がつくので、早々《はやばや》と役員の仕事が回ってきたというわけです。

妻は、小学一年生の母親同士の連絡網を回したり、会合の日程を決めたり、予算を組んだりと、いろいろ大変な仕事をやらなければならなくなりました。

しかも、初めて会う知らないお母さんたちと協調しながら進めて行かなければなりません。今まで専業主婦の妻にとっては初めての経験。今から思えば、きっと人間関係などでストレスも溜まったと思います。四月、五月と「あっ！」という間に月日が流れ、六月に入ったころからでしょうか、それなりに頑張っていた妻の体調が崩れ始めました。更年期障害という病気のようで病気ではない女性特有の身体の変調としか受け止めていなかったのですが、実はこの身体の変調が戦いの始まりのサインだったのです。

名案の家族旅行

〝元気なママ〟のイメージが強い彼女が、ここへきてあまりにも体調が悪そうなので自分も少し心配になりました。

生理不順気味だった妻のこともあり、やはり婦人科のほうから調べようとインターネットに向かい、婦人科と心療内科の病院を探しました。

カウンセリングをしていろいろ検討した結果、やはり彼女は医師から

〝更年期障害〟と診断され、ホルモン剤を飲み始めることになり、しばらく様子を見ましょう、ということになりました。

症状の中でも、特に目眩が激しくなってきたので、耳鼻科にも行き検査をしたのですが、何の問題も無いという診断でした。

「いよいよこれは重い更年期障害なのだ！　そう受け止めて更年期障害と向かい合うしかないのか？　それにしてもこれは病気なのか？」

更年期障害という、よく耳にはしますが、ちょっと得体の知れないこの名前。でも、自分のなかで妻の病気をはっきりさせたいという気持ちが、更年期障害なのだと決め付けるように頭をめぐりました。しかし決め付けるにはどこか不可思議ではっきりせず、結局のところ半信半疑でいました。

それでも、自分の気持ちを落ち着かせたいということもあり、「女性は誰でも、大体は更年期障害になるもので、しかも治すのではなく乗り越えるものなんだ」などと自分に言い聞かせていました。

妻を見ていると我慢をしながらも家事をこなしているし、「やっぱり女性は強いなあ」と感心するばかりの自分でした。

＊　＊　＊

七月に入ると、北海道に住んでいる自分の両親から「今年はいつ来るのー？」と催促の電話が頻繁に入ります。毎年お盆には家族全員で自分の故郷である札幌に帰ることが恒例行事となっていたので、夏になると、両親は孫の顔を見るのを本当に楽しみにしていました。そのジジ、ババからの電話なのです。

妻の身体や症状のことは心配をかけたくないので、そんなに詳しくは伝えていませんでした。

ですから自分は「お盆の前には札幌に行くよ」とだけ両親に伝えました。しかも、後一ヵ月はあるので、そのころには妻の調子も良くなるだろうと高《たか》を括《くく》っていました。

しかし、彼女は最近になって毎日、夜中に何度も目が覚め、眠れない日が続くようになりました。ときおり起きていた目眩も頻繁に起きるようになり、このままだとお盆に北海道に行くことなんて無理かも……。そんな心配が日増しにふくらんでくるのでした。

昨年、自分だけが仕事で札幌に帰れなかったこともあり、今年は帰りたいと強く思っていた自分の気持ちと、ジジ、ババの催促の電話が妻にはプレッシャーになっていたのではないだろうか。そして、どんどん病状を悪化させてしまっているのだろうか。

私は、だんだん心配になってきました。妻の目眩は益々症状が悪化しつつありました。

横を向いても目眩がし、上を向いても目眩がし、このままいくと、本人の気持ちもとどまることなく滅入り、挙句《あげく》の果ては、うつ病になってしまうのではないか！　今より大変なことになるのでは！　と自分もだんだんと不安になってきました。

そこで、彼女の病状が精神的なものからくるのであれば、気分を変えてみるのも一案かなと思い、いろいろとその方法を考えました。

そして自分は思い切った答えを、出したのです。

北海道札幌まではふつうだと飛行機で行くのですが、今年は車で行こう！

のんびり無理をせずにドライブ旅行にしようと考えたのです。

もちろん、目眩が激しい妻には飛行機での旅行は無理がありますし、船だといつも目眩のように揺れていてこれも無理です。だったら、道中で温泉に入りながら、ゆっくり行けばいいんだ。

今まで、こんなに長い距離のドライブの経験はなかったのですが、逆にいい機会だと思いました。

札幌までの家族旅行！

妻もこの話には大のり気で、ここの旅館がいい、どこの温泉がいい、ルートはこのルートが、といった具合に積極的に宿のクーポン券を申し込みに行く等、急に元気になりました。

自分にとっても、ひとりでそんなに長い距離を運転するのは初めてで不安はありましたが、家族だけのドライブ旅行はとても楽しみでした。準備等も順調に進め、彼女の体調もかなり良い方向に変わってきました。

＊　＊　＊

八月二日（木）いよいよ出発の日。

東京を出発、福島、岩手、青森、と三泊してフェリーで函館《はこだて》へ渡り、函館、洞爺《とうや》と泉質の良い温泉に入りながら、ゆっくりと札幌へ入る長い旅です。

初日の宿は、奥州三名湯の一つといわれる福島県飯坂《いいざか》温泉、ここには酵素風呂があり身体の中の毒素を汗と一緒に出してくれるそうです。気持ち良かったー。海外には子どもたちと旅行したことがあったのですが、国内は初めてだったので子どもは大喜び！

一つの部屋に布団を敷いて浴衣《ゆかた》で寝る。子どもたちにとっては、すべてが新鮮な体験です。はしゃぎまわる子どもたちを見る妻の横顔も心なしかうれしそうでした。

次の日、ルートは遠回りになるのですが、岩手県にある小岩井農場に立ち寄り、自然と動物とに触れ合い、たくさん遊んでから花巻温泉郷へ向かいます。

毎日が朝早くから行動を開始し、長い道のりを車で移動するのでけっこう疲れます。妻の身体の調子と相談しながら行動するも、やはり疲れます。というより、だから疲れるのかもしれません。温泉に入って夕食を食べると、ほとんどバタンキュー！　でした。

明日は青森に入り、そこから五所川原《ごしょがわら》の「ねぷた」を観に行きます。どんなドラマが待っているのか楽しみです。

三日目の朝ともなると、この行動パターンにもみな慣れてきたようで、全員で荷物を持って車に乗り込み、そして途中で飲み物等をコンビニで買い出しをして、そしてまた移動出発し、最初の一時間くらいなものかな、起きていて元気なのは。それが急に静かになるんです。おもしろいくらい全員同時にですよー！　眠るのです。

釣《つ》られて眠らないように、居眠り運転をしないように、自分はひたすら自分を緊張させてアクセルを踏み続けるのでした。

途中、高速道路のパーキングエリアに立ち寄りトイレタイム、お腹がすいていれば軽く腹ごしらえをして、その後に食べるソフトクリームが美味しい！

その夜は青森で有名なねぶた、ではなく五所川原の「ねぷた祭り」を観に行きました。あいにくの雨模様の中でしたが、初めてのねぷたに大興奮！　でした。

翌日、青森港から青函《せいかん》フェリーに乗り函館へ。ここまで東京から出発して約八〇〇キロ。ふーっ、結構頑張ってる自分。妻は顔色も良くなり、食欲も出てきたみたいで、この旅行は彼女にとってやっぱり良かったんだ。

函館では、港にある人気のスポット、昔の倉庫を使った「金森赤レンガ倉庫群」を訪れ、そこにある硝子《ガラス》工房で硝子玉作りを体験したり、五稜郭《ごりょうかく》タワーに上ったり、函館名物の塩ラーメンを食べたりして、いっぱい思い出を作りながら一日を終えました。

この日の夕食は海の幸、豪華な夕食です。お酒は、どちらかというと自分より妻のほうが強く、以前は自分の晩酌にいつも付き合ってくれていた彼女なのです。

しかし、この二ヵ月くらいでしょうか、大好きなお酒も飲めないでいた彼女が、

「一杯くらいビールを頂こうかな」

これには驚きましたねー。よほど体調も良く気分も良かったんでしょう。よしよし、いいことだ。この調子だ！

グラスに一杯程度だろうか、ビールを飲んだ姿を見て私は喜んでいました。

ああ良かった。今回の旅行にして！

子どもたちも夏休み、家族旅行。母親を気遣いながらも楽しそうにしていました。

北海道に入ると真っ直ぐ延びた直線道路、広大な景色の中で車を走らせるのは、とてもいい気分です。

しかし、不思議なことに逆にスピードはスローになるんです。後残り少ない道のりを噛《か》みしめるように、ゆっくりとドライブを楽しむのでした。

最後の宿泊地は、札幌に近い洞爺《とうや》湖温泉にある家族向けのホテル、洞爺サンパレス。洞爺湖の湖畔にある宇宙一大浴場、そして巨大プールもある迷子になってしまうくらい広いホテルです。

ここに来るのを子どもたちは楽しみにしていたのです。

それは大はしゃぎ！　さすがに妻はプールには入れなかったので、自分が子どもたちとプールで大暴れ！　そして男湯女湯に別れて冒険するようなお風呂に入り満喫しました。

夜は湖畔で、この時期、毎夜打ち上げられる花火大会！　これが最高！

五泊六日の長いようで短い旅のクライマックスを、飾るにふさわしい演出の花火でした。いい思い出をたくさん作りながらゴールできそうな予感のする夜でした。

元気だったママが！

いよいよ今日は札幌入りする日という朝です。

妻は娘と二人で朝風呂に入る、と楽しそうに出かけて行ったのは良かったのですが、そこで久しぶりに目眩がして体調を崩してしまったのです。歩くことも困難になり、しばらくの時間は風呂場から出られなくなったのです。きっとここまでの疲れが出たのだろう、と思いながら、彼女の具合が良くなるのを待ち、何とかホテルを出発しました。

途中、高速道路のパーキングで二回休憩をして軽く食事をしたり、とうもろこしを食べたりしました。何とか彼女の調子も持ち堪《こた》えてくれそうでした。

そして、ついに無事一三〇〇キロを走破し、札幌に到着したのです。実家に入る前に小腹がすいたのでラーメンを食べようということになり、自分が札幌に行ったときには、必ず立ち寄るラーメン屋さんに行きました。彼女もそこそこ元気そうでしたし、子どもたちと同じにラーメンを食べ、自分も妻が朝風呂で倒れたのは、やっぱり疲労からだったんだと、少し安心していました。

札幌の実家に着いたその日の夜は、自分の親戚姉弟が集まり食事会の予定でした。二年ぶりに会う姉夫婦も楽しみにしていた食事会なのです。ところが、実家に着いて一時間もしたでしょうか。妻の具合が急変したのです。旅の疲れとホッと安心したからでしょうか。

また、目眩が！　そうは言ってもみんなが楽しみにしていた食事会だったので、無理やりそのお店へ同行したのです。

例によって、首を動かせないので、壁に寄りかかったままの姿勢で、ほとんど何も口にできません。姉が気を利かせて作ってきてくれたお粥《かゆ》を口にする程度。

大丈夫なのか？

自分と子どもたちは、心配しながらも久しぶりに会うジジとババ、親戚、姉弟との宴《うたげ》の時間を過ごしたのです。今夜、彼女の起こした目眩がいよいよ戦争の始まりの前ぶれとも知らずに……。

奇病の深みにはまっていくママ

札幌の自分の実家には孫の顔を見せるために三泊、妻も同じ札幌に実家があったので、妻の実家にも何日か泊まり、それだけでなく、妻の姉妹夫婦のところに何日か泊まるというスケジュールでした。

そして、夏休みということで札幌近郊にある遊園地付リゾートホテルに何泊かして遊んで帰るという長い夏休みをとるのが我が家のスタイルでした。

今年は妻の保養というか、「妻よ、元気になれ！」ということが目的だったので二、三日自分の実家に泊まった後は気を遣わないで済むどこかに泊まって、それから体調の良いときに東京に帰ろうと考えていたのです。

お盆の時期にタイミングを合わせて札幌に行ったので、まずはお墓参りに両親と子どもたちとで出かけました。

しかし、妻はひとり留守番です。朝起きると、彼女は半病人状態になっていたからです。

私の両親は八十歳過ぎで、元気ではあるけれど、さすがに二人とも足腰がもう弱く、その歩く姿はヨボヨボです。そんな両親の姿と妻の姿を見てハッとしました。要介護者が自分の目の前に三人もいるではありませんか！　冗談抜きで参ったなあーと思いました。

事実、食事の買い出しのために、近くのスーパーに行けるのは自分だけでした。自分が買い物に行き、夕飯の支度も自分がして、とんだ夏休みになってきていたのです。

もう一つ札幌に来た目的は、妻の妹の紹介で中国式足裏マッサージのとてもいい先生がいるというので、そこで治療を受けてみようというものでした。

なかなか予約がとれない先生。と聞くと、「ここは効きそう！　信じることが救われる！」と思いたい私たちでした。

意外と単純というか、純粋というか、占いでもなんでも信じやすい夫婦でしたので、これは良いと思うと是非是非やりたい！　と行動に移すのでした。

台湾式とは違い、飛び上がるほど痛くはないのですが、それはそれなりに足裏のツボを突くのですからやっぱり痛いのです。

その先生いわく、

「これは更年期からきているのではない。首からきているかもしれないよ」

内臓の悪い箇所も含めて治療を何日かしてもらいました。

効果テキメン！　事実、次の日は体調も良くなり、目眩も治まっていました。しかも、ここ何ヵ月か無かった生理が始まるという驚きの結果が出ていましたから……。

しかし、この効果も長続きはしませんでした。また、妻の体調が悪化したのです。

一時的に治まっていた目眩が出始め、食欲も無くなり、元気も無くなり、ただ横になって寝ているのみの姿の妻に戻ってしまったのです。

選《よ》りによってこんな日に予定していたのは、唯一この日だけは行こうと楽しみにしていたゴルフでした。

この家族旅行の計画を立てたときから友達と約束もしていたし、自分はこの夏休み中で、ただ一日だけゴルフができる日と楽しみにしていたのに、まさか妻の状態が悪くなり、その日にぶつかってしまうとは……。

これは事故なんだ、仕方がないと、諦めようとしていたところ、妻が自分に「ゴルフに行ってもいいよ」と言ってくれたのです。

「なんて優しいんだ。自分の妻は」と思いました。

「本当に行ってもいい？　大丈夫？」

結局、ここは甘えて自分はゴルフに行くことにしました。

ゴルフ当日の朝、彼女は少し元気そうでしたし、私を気分良くゴルフに送り出してくれたのです。

ところがその日の午後、妻の状態がまた急変し悪化したのです。

「このままでは倒れてしまう！」

そう察して妻は、自分で救急車を呼びました。

テレビの報道で見たのですが、最近、ちょっとしたことでもすぐに救急車を呼ぶ人が急増して、本当に重病人や重症のけが人が出たときに救急車がみな出払っていることがあり、よって手遅れになる患者がいて、社会問題になっているとのことでした。

我慢強い妻の性格からいうと、そういう人とは正反対で、ギリギリまで堪えた末に、このまま我慢すると意識を無くして倒れて、ますます周りに迷惑をかけると判断して、やっと行動に出たという、よくよくのことだったと思うのです。

とりあえず、病院で目眩止めの点滴《てんてき》を打ってもらい、こと無きを得ました。こともあろうに、こんな一大事のときに自分はゴルフに行っていてそばにいてやれずに、妻に対して申し訳のない気持ちでいっぱいでした。

甘えてゴルフに行くなんて、反省!!

いったいこの病の正体は?

このころから「目眩の原因はメニエル病ではないのか?!」と周りの親戚の叔母さんたちも心配してくれて、いろいろな意見も出始めました。

もちろん、叔母さんたちも更年期障害の経験者でしたし、周りにもそれで苦しんでいる人を知っているとかで、東京へ戻ったらもう一度じっくり検査したほうがいいとすすめられ、私たちもそうしようねという話をしていました。

そんな矢先に妻の容態《ようだい》がまたしても悪化したのです。このままにしておけないので緊急入院させようということになりました。

これは大変なことになって来たぞ！

私の心配は深刻さを増しましたが、幸い自分の姉が近くに住んでおり、子どもの面倒はみてあげるというので、そこは甘えて子どもたちを姉の家に預かってもらい、検査も含めて四日間、妻は入院したのです。

この病院の検査結果では、なんと女性ホルモンに問題はなく、更年期障害ではなさそうだという見解でした。

東京では、更年期障害と医師からはっきりと診断されていたので、ではいったい何なんだという思いがますます募りました。それでも妻は少し元気になり、これなら東京に戻れるという状態にまで回復しました。

しばらくの間、この病院で静養も兼ねて入院することも考えたのですが、じつは、早く東京に帰らなくてはならない理由があったのです。

急いで東京に戻りたい理由は二つありました。子どもたちの夏休みも終わり、新学期が始まるということと、自分の仕事のスケジュールの都合でした。

結局、初めの予定より一週間も遅れて東京に戻ることになりました。

メニエル病であれ、なんであれ、つらい目眩の症状のままで、飛行機に乗ること自体がよくないということはわかっていたのですが、他に移動の方法がないので、妻も無理を承知で、何とか家族四人、飛行機で無事に東京へ帰りました。

乗ってきた車は、代行運転で東京に持ってきてもらう業者をインターネットで探しました。夏休みという時期に予約も無しに突然探してもなかなかたやすくは見つからず、苦労しました。

＊　＊　＊

久しぶりの東京、自宅に着いたのが昼過ぎ、お腹がすいたので近くのレストランで食事をしようということになりました。

夏休みに家族で車旅行し、途中で立ち寄ったパーキングエリアで昼食の後ソフトクリームを食べるという、何となくそれがパターンになっていたので、なぜかそののりでソフトクリームを食べました。

「ん？　妻は調子が良さそうだ。食事もしてソフトクリームも食べられて大丈夫そうだな」

と妻の顔色を窺いながらひと安心。

何よりも驚いたのは、その日の夕食の買い物、夕食の支度と、久しぶりに彼女が動いているんです！

元気なときのように、とは言えないものの家事をしているのです。

家族四人で食卓を囲んでの食事！　こんなあたりまえのような風景がこのうえなくありがたいものに思えました。妻も食欲があり、楽しい団らん。

「これで大丈夫！」

良くなって欲しいという願望が強くそう思わせたのでしょう。

「これから彼女は良くなっていくんだ」とそのときは確信したのでした。

それは自分だけではなく、子どもたちも同じように感じたはずなのです。

ところが、次の朝、自分の考えが甘かったと思い知らされることになるのです。

原因不明の病に翻弄される

その日は自分の仕事のリハーサルが入っており、朝からバタバタと支度をしていました。こんなとき、ふつうは多少体調が悪くても我慢する彼女なのですが、体調が良くないと私に言うのです。

そこで以前診てもらっていた婦人科に急遽《きゅうきょ》予約を入れ、病院に連れて行き、この三週間のできごとを説明し診断を仰ぎました。

そして以前同様にまたホルモン剤をもらって帰ってきました。

ホルモン治療であろうが、違う治療であろうが、とにかく医者の発言は本人にとって大変重要でした。信仰心に近いものがあり、その医者の言葉が本人の体調にも大きく左右するほど影響力が強く、希望ある診断は、かなりの比重で精神的に救われたと思います。

彼女を自宅に送り届けた後、自分はリハーサルへ行き、その日の夕方には自宅へ戻りました。

しかし彼女の様子がまたオカシイのです。

夕飯の支度すらできず、リビングのソファーで以前と同じように横になっているというよりは、リクライニングで後ろに背を倒した状態で首をクッション等で固定し不思議な体勢でいるのです。

「どうしてそんな格好で?」と尋ねると、

「横を向くことも下を向くこともできない……」

動かすと、とにかく目眩がして吐いてしまうのだというのです。また札幌のときのようになるのかと重く沈んだ気分になりました。

これ以上悪くなるのだろうか。いやいや、旅の疲れが出てきたのかもしれない。それともホルモン剤の副作用なのではないだろうか。ひょっとしたら、日常の生活にもどったのだから、休んでいればそのうち良くなるのではないだろうか。

このように、多くの疑問や考えられるすべての原因を頭に浮かべ、それを打ち消したり、先読みしたりと、自分は悩み続けました。

朝のうち調子が悪く、昼ごろに少し良くなり、夕方また調子が悪くなり、いったい全体どうなっているのだろう？　原因不明の妻の病気に振り回されている感じがします。

結局その夜の食事は出前で済ませることにしました。

その後、何日かはこんな感じの不安定な調子を繰り返しながら、本人も多少は無理をしてでもご飯支度などの家事をこなしていました。

＊　＊　＊

それから五日後の日曜日、この日は息子のレオンが所属しているサッカーチームの夏合宿出発の日です。

集合待ち合わせの場所が新宿の南口にある某ビルの前、この日を楽しみにしていた息子のためにも、妻は調子が悪くても見送りに行きたいと、考えていました。

　普段の練習とかだと、お母さんたちが送り迎えをするわけで当然自分は何もしません。年に何回かは練習場に迎えに行くことがあるか、試合の観戦、応援に行く程度です。

　ですから、当然彼女がふつうであれば自分で車を運転して息子を送るわけです。

　しかし、今日は運転どころか見送りにも行けそうにない彼女の状態です。反してウキウキ楽しそうにしている息子。

　そんなわけで今日は自分が運転をして、二人で息子を見送りをすることになりました。

　久しぶりにお友達の奥様たちとも再会し、人混みの中で彼女も少し楽しそうにしていました。遠くからそんな彼女と無邪気にサッカー友達とふざけ合う息子の姿を見守りながら、自分はこんな感じで少しずつ彼女が元通りになってくれないかなー、そうなってくれるといいなあ、と願うのでした。

二泊三日のスケジュールでサッカー合宿に元気良く出発した息子を二人で見送りました。

息子が帰ってくる日、自分は夕方からテレビの収録の仕事があり、子どもを迎えに行けないので、あらかじめ友達の奥さんにお願いをしていました。

その日の朝、彼女が起きてすぐに体調が悪いと訴えたのです。最近東京に戻ってきてからというもの、朝食に限らず妻の食事のほとんどがお粥と梅干のみだったのです。

何故なら目眩の後に必ず吐いてしまうようになり、食欲もなくなってしまったのですが、お粥だと何とか食べることができるからです。こんなことだと元気にならないよ、と自分も言っていたのですが……。

そして、ついにその答えが出たのです。

今までは目眩、そして吐くの繰り返しの後は、ただただ同じ姿勢でじっとしている毎日でしたが、この日の朝は全身に震えがきているではありませんか。小さな痙攣《けいれん》にも似ていて、しかも身体は冷たくなっていたのです。自分は咄嗟《とっさ》にこれはただごとじゃないぞ！　と、感じ、すぐに知り合いの山口先生に電話をしました。

この先生は娘の同級生の親御さんで、幼稚園のときからずっと一緒で友達だったこともあり、家族ぐるみのお付き合いをさせてもらっていました。同級生は真奈《マナ》ちゃんといっていましたので、その名前をとった（?!）「マナクリニック」という病院です。

その先生は、ときどき夜遅い時間でも妻の調子が悪いときには自宅に往診しに来てくださり、目眩止めの点滴や注射を打っていただいたこともあります。

先生はその症状を電話で聞くと、

「それはおそらく脱水症状を起こしているのだと思われるので、すぐに入院させましょう」と言われました。

男とは結構情けないものですね。こんなとき自分は何をしたらいいのかわからなくなってしまうのです。

正直オロオロしてしまいました。

普段、自分は職業柄、年齢的にも、経験、判断力も、人より多少優れていると自負していたはずなのに、現実はかなり動揺している自分を自覚し、愕然としました。

こんなときに札幌にいる姉がそばにいてくれたらなあと思いながら、入院の準備を始めました。

とにかくバッグに考えられる必要な物を詰め込み車で病院へ、先生の紹介で自宅の近くにあるO病院に決定！

すぐに入院の手続き、そしていろいろな検査をしました。時間はどんどん過ぎて行き、ふと気が付くと今日の仕事の時間に間に合わないくらいの時間になっていました。

でも妻にはそんな心配をさせないようにしなければと、自分なりに気丈に、そして冷静に振る舞い、個室の部屋に妻を入院させ、とりあえずは自宅に戻りました。

急いで仕事の準備をし、息子の迎えのお願いをしておいた奥さんに連絡をとり事情を説明して、仕事が終わり戻るまでの時間、子どもたちを預かってもらえる別のお母さんに連絡をとり、あーもう頭の中はパニック状態！

収録を終えて自宅に戻り、子どもたちとの再会。もうその日は、くたくたでしたが、さらに、何もよくわからない子どもたちに事情を説明するのも、これまたひと苦労でした。

大人だと簡単に説明できることも、相手が子どもだとそうはいかず、この事実を子どもなりに理解し、受け止めることのできるような説明をと、必死に話をしたのです。

「ママは入院したほうが、うちから病院に毎日通うよりも早く良くなるんだよ。だから、今から当分の間、ママは病院から帰って来れない。ママがいない間、みんな我慢してパパたち三人で頑張らないといけないんだよ」

子どもたちはいとも簡単に「うん！　わかった」と答えてくれました。「本当にわかったのかな？」と当然疑う気持ちがありましたが、「いや、ちゃんと理解しなければいけないのは自分のほうなんだ」とすぐに思いなおしました。

ときどき私が思うのは、子どもたちはまるで私の親のように、自分のことを見守って理解してくれているような気がすることがあるのです。

つまり私のほうが、子どものような気がするときがあるのです。

ものわかりがいいどころか、ひょっとしたら、

「もうパパは長々と何を説明しているの。そんなことはわかっているんだからいいのに」って心の中で思ってたんじゃないのかなと、そんなふうにこのときのことを振り返るときがあります。

何から何まで妻にやってもらっていた自分が、これからは全部、しかも

子どもの世話もすべて自分がやらなければならないのです。

そう考えると、不安と重圧とで押し潰されそうになりました。

そんな情けない自分の姿を隠すように、和室の部屋に子どもと自分の布団を敷き、三人で川の字になりその日は眠りについたのです。

＊　＊　＊

病院でママの検査をやっているうちに、一般的に女性の健康に対する関心というものは、意外と夫も主婦本人もあまりないのではないかということをふと思い始めました。

男は会社勤めしていれば、大半は会社で定期健康診断というものがあって、基本的な健康チェックを試みる機会があり、それに引っかかれば、部分的な再検査や人間ドックへという仕組みがごくふつうになってきているかと思います。

男性は、奥さんに手綱をとられて働かされているからしっかり健康チェックというようなイメージがあります。

その点、家事の手抜きをしてのんきでいいな、だから太るんだよというような主婦に対する世の男性のイメージがあります。

でも実際は家事と育児は重労働、なのにお母さんたちが定期健康診断を受けないのはよくないのではないかと切に思ったのでした。

第2章

偉大なママを識《し》る

いよいよ戦闘開始

八月二十九日（水）、入院二日目の朝です。

子どもたちの朝食を作りながら、これからのことをあれこれとたくさん考えました。今、自分が直面している問題を一つ一つ……。

まず、仕事のこと、子どもたちの学校のこと、食事の支度、掃除、洗濯、ゴミはいつ出す？　塾の送り迎えは、学校行事は、秋の運動会は、家計の支払いは、それと、どこに何があるのか、そうだ毎朝娘がしていくポニーテールはどう結ぶんだ？　考えれば考えるほど、妻とは違う理由で、私も目眩《めまい》がしてきます。

こんなにたくさんのことを彼女ひとりでこなしていたんだと思うと、まずびっくりしたのと、改めて頭が下がる思いでした。

妻に限らず世の中の女性はすごーいんだ！

でも、そんな感傷に浸っている場合ではありませんでした。私はだれかに向かって聞きたい気持ちでいっぱいでした。

「ねえ、これ全部だれがやるの？　自分？　遠い札幌から姉さんに来てもらう？　無理無理無理。おふくろに来てもらう？　無理無理無理。みんな、それぞれ家庭もあるし、迷惑もかけるし。どう考えても答えは一つ。そう、自分がやるしかないんだ」

できるのできないのって言ってられない窮地に立たされているんだ。そうなんです。時間は待ってくれません。

子どもたちの学校も、私の仕事も、いつもどおりの生活をしようと思えば、だれかが炊事、洗濯、掃除、買い物、お風呂の掃除、他にも数限りない家事をこなさなければならないのです。

まずは今日の朝食は、トーストと目玉焼き、ハムと飲み物は、ミルクと……。

自分は幸い若いころ、十九、二十歳のときに、喫茶店で働いていたことがあって、まったくの素人《しろうと》とは違い台所に立つことに抵抗はなかったものの、これから毎日トーストにコーヒーというわけにもいかないし、何をどうしたらいいのか不安が先に立つばかりでした。

そうだ、妻のために、入院があまりにあわただしかったので、準備できなかったもの、欲しいものはないか？　それを揃えることが先決ということに気付きました。

とにもかくにも食事を済ませて病院へ行こう！

＊＊＊

脱水症状を起こしていた彼女はずーっと点滴をしていたらしいのです。トイレに行くときも点滴をはずすことはできず、眠っている間も点滴です。たった一日の入院なのに彼女の顔はすっかり病人顔になり可哀想でした。何か重い病気にかかった人のような顔。点滴をしたので少しは元気そうになっているかもしれないと勝手に期待をしていたので、逆に驚いてしまいました。

子どもたちも元気のない母親の姿を見て、あらためて自分の母親が病気なんだという現実に戸惑いながらも、

「ママ早く元気になってね」と励ましながらも心配そうでした。

自分は検査の結果も知りたかったので、担当のお医者さんに会い、説明をしてもらいました。

「まだはっきりとしたことは言えませんが、いろいろな方向から治療していきたい。病名も今は特定できないのですが、大きな意味の中から言うと自律神経失調症の症状であり、これからじっくり調べながら原因を探り、良い治療法を見つけ、治していきましょう。少なくても三週間は入院してもらいますから」

覚悟はしていたものの「え？　そんなに長く！」というのが本音でした。

それから病室に戻り、妻に
「何も心配はいらないからじっくり治していこうね」

と声をかけ病院を後にしました。

いよいよ始まったぞ！　これはまさに戦争だ。

何日続くのかも知れない、新米主夫の戦いが始まったのです！

まずは今夜の夕食の支度だ。何を食べるか？　何を作るのか？　何を買うか？　わからないことだらけです。

ご飯を炊くのでも炊飯器のセットの仕方がわからない。説明書を探し、読み、理解し作業にかかる。万事がこの調子なのです。

大丈夫なのか！　自分は。

その日は子どもたちと三人で買い物に行き、今夜食べたい物、とりあえず足りない物を買い、我が家へ戻りました。

そうだ、風呂に入るにはどうしたらいいんだろうか？　ママはどうやって風呂を洗っていたのかな？　次々と疑問が出てきます。

それにしても子どもは大したもので、ママのやっていることをちゃーんと見ていたみたいで、

「うん、ママはお風呂はこうやって、これで洗ってたよー」

「そうか！　じゃ、風呂のスイッチはどれでどうするの？」

「うん、ここのスイッチを押すだけだよ」

「ハイ、わかりました」

何か逆だなと思いながらも、子どもはスゴイな！　奥さんは本当に大変だな！　と、事細《ことこま》かにいちいち感激させられながら、買ってきたできあいの惣菜《そうざい》のおかずと、自分が頑張って作った初めての味噌汁、これがまた大変なのです。

何が大変かと言うと、それは量なのです。どれくらいの大きさの鍋で、どれくらいの具の量で、どれくらいの味噌を使って、みたいな……。

悪戦苦闘しながらも、やっとできあがった夕食でした。三人だけの食事開始です。何だかとても淋しく、そして侘《わび》しいです。

でも子どもたちは自分の気持ちを察してか、すこぶる明るく楽しそうに食事をしてくれています。

自分は毎晩、晩酌《ばんしゃく》をするのでつまみに箸《はし》を走らせながらビールをゴクリ、子どもたちの食事風景を見ながら、またビールをゴクリ。

楽しげに
「パパ、味噌汁美味しいよ」

の言葉にウルウルと涙が……。うれしいねー。そして、またビールをゴクリ。

早々と食事を終えて、子どもたちはテレビを見たりゲームをしたり、普段と変わらない過ごし方を、自分はひとりで、ほろ苦い酒を嗜《たしな》みながら淋しい晩酌《ばんしゃく》のときを過ごしておりました。

ふと、目に止まった子どもが飲み残した味噌汁を、思わず自分で飲んでみました。

「しょっぱい！」

こんなにまずい味噌汁を子どもたちは、

「パパ美味しいよ」と言ってくれたんだ。

なんと優しい子どもたち。また感激してウルウルと涙、そしてまた酒……。

今夜は疲れてぐっすり眠れそうだ。

それにしても長い一日だった。

クレイマー、クレイマー

次の日、子どもたちの夏休みも残り四日となり、宿題も残っているみたいなので頑張ってやるように促しました。

自分はこの二、三日バタバタしていたので、溜まりに溜まった洗濯をしなければなりません。これまた大変な仕事です。

洗濯機の動かし方、洗剤の量、時間は、柔軟剤はどのタイミングで入れる？

主夫一年生には未知なことばかりです。

それにしても洗濯の量には驚かされます。下着、パジャマ、普段着、枕カバー、タオル、Gパン、Tシャツ、たった一日だけで、大家族でもないのにすごい量なのです。それが三日分！　となるともう負けそう。最近は全自動洗濯機なので簡単に洗濯できるのですが、その後の干す作業が大変なのです。

一つひとつ手で叩いて、シワのばしをして干していく作業が大変！

「こんなことを妻は毎日やっていたんだ」

と思うと、またここで自分の妻の大変さに頭が下がりました。

大量の洗濯物と格闘すること五時間。その合間に掃除、でも片付けてもすぐ子どもが散らかす。イライラしてよく子どもたちを怒鳴りつけていた妻を見て、何もあんなに怒らなくてもいいのにな―、なんて思っていた自分がいま同じ気持ちになっているのには少し驚きました。ハハハ……。

札幌に帰っているときも、夕飯の買い物から支度にと苦戦していたとき、友人に「クレイマー、クレイマーです！」とメールを打ちました。

『クレイマー、クレイマー』とは、ダスティン・ホフマン主演のアメリカ映画です。母親が家出をした後、幼い息子の世話をしながら家事に仕事にと、それこそ悪戦苦闘するシーンが印象的な映画でしたので、友人にはそれだけで通じました。

私の姿はまさにあの映画のダスティン・ホフマンの姿と重なるところがありました。ただ、学校へ送り出すとき、映画は息子一人でしたが、私は娘と二人分でしたので、私のほうが迫力ある戦闘シーンだったかもしれません。

雑ではありますが、家事をこなした後は、子どもたちの宿題の手伝いをして。そうこうしているうちに、あっという間に時間が過ぎて、病院に見舞いに行く時間。今日は、少しは元気が回復しているかな?

そんな期待を胸に抱きながら病院へ。まだ二、三日で変わるはずはないけれど、そう願うのがふつうだ!

しかし脱水症状は改善されたものの、目眩が激しいみたいなのです。目眩を止める点滴をしている最中にも、

「オウェー、オウェー」

と吐いてつらそうにしている彼女を見ていると、自分の家事の大変さなど口にできるわけもなく、ただ黙って見守るのみでした。

「具合どう？」などと聞くのも愚問というものです。

時間にして十五分くらいでしょうか、見舞いを済ませて今度は夕食の買い物です。

例によって三人で買い物、この買い物も自分は年に何回か付き合ったことがあるだけで、どこの売り場に何があるのかもわからず、売り場を探すだけでも大仕事なのです。

ここでも母親と、ときどき一緒に買い物に行っていた子どもたちはよーくわかっていて、これまた頼もしい助っ人になるのでした。

じつは自分の心の中に、男性がスーパーに買い物に行く姿が少し照れくさい、それと恥ずかしい、なんて気持ちがあるために、子どもと一緒にいると、何となく子どもがカモフラージュになって安心（自己満足？）するのでした。

ですから、買い物は自分ひとりではなく、交代で子どもたちのどちらかが自分に同行してくれるという三人のルールができました。

しかし、買い物の前に一つ問題があったのです。今日は何にしよう？　何が食べたい？　この毎日飽きることなく繰り返される言葉によって振り回されることに、のちのち気付かされるのです。

主婦の給料

「もし、自分の職業がサラリーマンだったらどうなっていたんだろう？」

主夫の仕事をなんとかやりながら、私はふとそのようなことを考えました。私は芸能人なので、サラリーマンのように毎日定刻に会社へ行き身柄を拘束されることもなく、家事を昼間一応こなしているのです。

でもサラリーマンなら、ふつうは昼間家にいることは無理なわけで、だれか家政婦さんでも頼まないと家事はできないのです。

「そうなると、お金はどれくらいかかるのだろう?」

「主婦の仕事を給料に換算すると、いったいいくらくらいになるのだろう?」

という疑問が湧いてきました。

以前に何かで読んだことがあるのですが、年間四一〇万円、月額にすると約三四万二〇〇〇円になるというのです。これは妥当な金額なのでしょうか?

今現在自分が言えるとしたら。

いや、そんなもんじゃないぞ! 主婦の仕事は金に換算できないくらい重労働だ。そう、自分は実感しているのです。

おりしも、そんな思いを募らせていると、今年、平成二十年五月十一日(日)、「母の日」に合わせて、米人材情報会社のサラリー・ドット・コムが、子どもがいる専業主婦がこなす家事や育児は合計で年俸十一万六八〇五ドル、日本円に換算すると、なんと約一二〇〇万円に相当するとの試算を発表したのです。

フジテレビの『とくダネ!』でも話題にしていましたので、ご存じの方も多いと思います。

母親の仕事の価値は金銭で測れるものではないが、同社は「ママの仕事の重大さを認識してもらうきっかけに」ということを期待してこの試算をまとめたそうです。その目的が私を賛同させました。

同社はまず、主婦約一万八〇〇〇人の作業時間を集計して、分類し、そのうえで料理を「コック」、子どもの世話を「保育士」、車での送迎を「運転手」などにそれぞれ依頼したと仮定し、外注費用を積算したそうです。

主婦一万八〇〇〇人を対象というのは、おそらく統計学上、信頼のおける数字が出るのは、これくらいということで、専門家か学者が割り出したのだと私は勝手に解釈しました。

また、専業主婦の母親の作業時間は、平均で毎日十三・五時間にのぼったため、超過勤務手当ても考慮して年俸に組み入れたらしいのです。

たまたま、この拙著《せっちょ》を認《したた》めているときに、この話題が私の目に飛び込んできたのですが、家事労働に現在振り回されている私には、そのくらい当たり前だという気がしてならないのです。

この事実を世間の男性、夫たちはどこまで理解できているのか?

実際のところ自分も知らなかった状況を理解し、改めて妻に感謝し、頑張らなければ! という気持ちになるのでした。

泣きっ面に蜂が刺す

さて、自分の本業であるものまねの本番の収録が来週に控えているので、それまでにパフォーマンスの練習もしなければならない……。

新ネタでクレージーキャッツのハナ肇《はじめ》さんのものまねで、ドラムを叩く。

長年この仕事をしていますが、これは初めての経験でした。

うまくできるのか不安。そんなときは、いつもよりもっと練習に励まなければならないのに、反対に練習量も少なく精神的にも余裕がない。どうしよう……。

この仕事をやってきて、今までこんなに不安を覚えたことはありませんでした。

そしてついに九月から、子どもたちの学校が始まるのです。それと同時に子どもたち二人分の弁当も作らなくてはいけない！　朝も何時に起きれば支度が間に合うのだろうかと、次から次へと不安が募ります。

また、どこの親も同じだと思いますが、夏休みの宿題がちゃんとできたかどうか私もチェックします。「早目にやっておきなさいよ」と言っていても、やはり、やり残したものが必ずあるのです。

それがなぜか、前日になって必ず出てくるものです。

子どもの力量だけではなかなか難しく、やはり親が手伝わなくては完成できないような宿題。ああー、それがよりによって就寝の少し前、九時半ごろになって出てきてしまうとは。

「ウソだろう！」と叫びましたが、ここで本人を怒るわけにはいきませんでした。

なぜなら、この一週間母親の入院で、子どもなりに精神的余裕はなかっただろうと思えるからでした。

レイナは、彼女なりにどうしよう、言いたいけど宿題より母親の病気のほうが深刻だと、子どもながらに躊躇《ちゅうちょ》しているうちにこのような結果になってしまったと思うのです。

「それにしてもいったいどうするんだ？」

自分のドラムの練習もこれからやろうとしていたところだったのに……。

とにかく、その宿題の「手作りパーランクー」を製作しなければ！

この〝パーランクー〟というのは、沖縄に昔からある伝統的な片面張りの小太鼓のことで、形はタンバリンに似ています。学年の生徒全員が自分の作った〝パーランクー〟を運動会で叩くのです。

原型はすでに学校で子どもが作っています。厚手のボール紙で側面が作ってあって、皮のようなものが張ってありますが、最終的には親が一緒に手伝って作ることを前提とした宿題だったのです。

考えている余裕はないので、即、取り掛かったのですが、焦りとうまくできない苛立ちとで、なおさら手がいうことをききません。

お友達はみんな、太鼓の側面に琉球模様だか何模様だかはわかりませんが、貼り付けているというのです。子どもの説明は要領を得ませんので、インターネットで民族的な模様を探してプリントアウトし、両面テープで貼り付けるのがひと苦労でした。

もともとの形が、まっすぐでなければならないところが歪《いびつ》になっているので形を整えながら貼る、至難の業《わざ》なのです。

どうして八月三十一日（金）の夜、寝るころになって……。

パフォーマンスの練習もしなけりゃならないし、お弁当も朝早く起きて作らないといけないのに、太鼓はうまく作れないし、頭の中はイライラの種がいっぱいで、イライラする自分にも腹が立ち、今まで黙っていた子どもにも腹が立ち、結局子どもに八つ当たりしているような口調になり、子どもが泣き出します。

そこでまたイラつく。

「ああ、明日朝早く起きなければ。早く眠らなければ。でもまだできない」

精神衛生上、非常に良くないときを過ごし、何とかできあがったのが夜中の二時半過ぎでした。

あー、早く眠らなければ……。眠い。ｚｚｚｚ……。

ハナ肇さんのドラムのものまねに挑戦

先ほどから、新ネタのパフォーマンスの練習ができないという切羽詰まった叫びをお聞かせしていますが、そのことについて少しご説明しておきましょう。

　クレージーキャッツのハナ肇さんのドラムのものまねが私で、その横で植木等さんの歌うものまねをする人もいて、何人かでものまねのコラボを演じるという仕事でした。

　ものまねとはいえ、ドラムを本当に叩くのであって、ドラムを叩く振りですむことではなく、最初にお話もしましたが、振りだけというのは私のものまねのポリシーにも反することでした。

　ですから、ドラムの先生について、教わったのですが、「生麦《なまむぎ》生米《なまごめ》生《なま》卵《たまご》」という言葉で拍子をとって、「タタタタタタタ、生麦生米生卵♪」とそれぐらいは一応練習しておいてくれというだけで、ほかには何も教わっていません。

　ハナ肇さんのDVDも見て研究しましたが、ハナさんのドラムの腕前は生半可《なまはんか》な練習で近づけるような技ではないと、プロも言うほどなのです。

　最低でも三年のドラムの経験がないと、叩けないリズムだといいます。

ハナさんは、テレビではコントなど、コメディアンとして人気がありましたから、昔を知る人でも、ハナさんがドラムを叩くことを知っていても、その腕が「すごい」ということを知る人は少ないかもしれません。

だからこそ、私もプロとして焦りに焦っていたのです。

一ヵ月前から決まっていたので、ちょうど札幌へ行くときもスティックだけは持っていって、わずかの時間も惜しんで、自分の太ももを叩いてリズムを取る練習をしました。

叩いていると、痛さを忘れるもので、お風呂に入るときに、「何、これ?!」と青タンみみず腫れの太ももに気付いて、「だれかにバットで殴られたかな?」なんて一瞬思いました。

ああ、犯人は自分のドラムのスティックだったと、すぐに思い当たりました。

それでも、これまでの事情でおわかりのように、専念するというほどの時間はまったくとれませんでした。

結果も本番がうまくいったとは到底自分で思えませんでした。メドレーで何曲かやって、最後に「あっ！　と驚くタメゴロー♪」というフレーズを構成で生かしてくれて終わりでした。

このような状況でなければ、自分の性格上、もっとのめり込んで、納得いくまで練習したと思うのですが、がんじがらめの私生活の中、不完全燃焼で終わってしまいました。

育児・家事との格闘

翌朝、子どもたちの登校初日。

どれくらいで弁当の支度ができるかわからないので、朝五時半に起床しました。

ご飯の炊飯タイマーがちゃんと作動し、ご飯はＯＫ！　どの弁当箱にどう詰めるのか？　それだけでまごまごと時間がかかります。

おかずの量もさっぱりわかりません。

まず、基本は卵焼き、ウインナー、そしてもう一品。それはもう大変なことです。

六時十五分に子どもたちを起こし、朝食は何を食べたいかリクエストをとり、パン系でいいというので弁当を完成させながらトースターに食パンを入れます。

「今日は始業式なので忘れ物がないようにね！」

「夏休みの宿題はちゃんと入れた？」

学校に持って行く上履き等のチェック！

二人とも制服なので、その制服もチェックしながら朝食を出します。

こういうときでも子どもたちはのん気なもので、ゆっくりと食事をして、着替えもダラダラとゆっくり。母親が子どもに対してよく口走る言葉に「早くしなさい！」というのがあると聞きますが、言いたくなるのもちょっとわかるような気もします。

ふだんはママが着替えの手伝いに、準備に、かなり世話を焼いて支度をしていたみたいだけれど、今日はゆっくりながら自分たちで用意をしてくれています。

そんなころ弁当もようやく完成！

あとは問題のレイナのポニーテールです。これが最大の難関なのです。女の子の髪の毛を風呂あがりにドライヤーで乾かし、ブローしてあげたことはあるものの、ポニーテールまではさすがにやったことはありません。

どうやったらいいのか？　ママがやっていたのを思い出しながら、見様《みよう》見真似《みまね》でトライするも、男のごつい手では、どうにも輪ゴムで髪の毛を束ねるときに全体が緩んでしまうのです。

また最初からやり直し。もう一度トライするもまたもや失敗！

自分の不器用さに苛立ち、時間がどんどん過ぎていくのに焦り、このままだと学校に遅れるぞ！　必死に五回目のトライで何とか形にはなった。とりあえず娘のＯＫも出て、ひと安心。

幸い学校までは自宅からかなり近いところにあったので、あとは出発のみ、玄関で最後の忘れ物を確認し、よーし大丈夫！

それでは「行ってらっしゃい」。

玄関先で二人を見送り、手を振る。子どもたちのランドセルを背負った姿が何ともまぶしいことと、何とか送り出せた安堵感とで思わず涙が……。必死で涙がこぼれそうなのをこらえて笑顔で手を振ります。子どもたちの姿が見えなくなるまで手を振り、それから大きく深呼吸。

郵便受けから朝刊を取り部屋に戻り、また大きなため息にも似た深呼吸！

部屋に戻りテレビを見ると『朝ズバッ！』で、みのもんたさんが何かに怒《いか》っています。そんな内容など耳に入るわけでもなくただ呆然！

何とかできたという安心から急にお腹がすき、どんぶり飯と納豆だけの朝飯タイム。かき込むように食事を終え、ふーっと睡魔が襲ってきたのです。

「ここで眠ってしまうのか？　いやいや、ふつうの主婦であればそれくらいのことはできるだろうが、自分にはそんな余裕などないのである」。次は洗濯、合間に掃除、洗濯が終わったら、洗濯物を干して、と軽くでも仮眠などとれる暇はない。頑張るしかないぞー。

もともと血液型がA型の自分は几帳面（？）というよりは極端な面があり、随分細かく気になるところと、逆に割りと雑然としていても平気で気にならない面が同居していると思うのです。

しかし血液型のことなど言っている場合ではないのです。

今、自分の目の前にある現実問題を一つひとつ解決していくしかないのです。

何も考えずに黙々と掃除機をかけ、洗濯物を干し、乾いた洗濯物をたたむ。このたたむ、という作業のときに突然現れる自分の血液型性格なのか、これまた丁寧にたたまなくては気がすまないのです。

たとえばバスタオル一つにしても端と端をきっちりと合わせて、ずれないようにきれいにたたむ。まるでホテルに置いてあるように。子どもの靴下も整理しやすいように踵《かかと》とつま先を合わせて二つに折り曲げてと、そんな感じです。

Tシャツなどもショップに置いてあるようなたたみ方でキチッとたたむのです。普段やり慣れていないため時間もかかるのですが。

心の中で子どもたちに「ママよりきれい！」と褒《ほ》められたいという気持ちが顔を出し、自分は何を妻の仕事ぶりと張り合っているんだろう？　と心の中で苦笑しながら手を動かします。

もっと要領良くできないものかと自問自答しながら仕事をこなしていくうちに、あっという間に子どもたちが帰ってくる時間になってしまうのでした。

「え？　もうそんな時間なの？」

ピンポーンと玄関のチャイムが鳴り、まず小一のレオンが「ただいまー」と元気よくお帰りだ。

よーし、こういうときは最高の笑顔で迎えるんだな、と気持ちを切り替えて玄関のドアを開ける。

「お帰りー！」。

いつもだとママが出迎えてくれるのに、今日はパパなんだと少し困惑ぎみの照れ笑いをしながら、

「ただいま」。

「今日はどうだった？　楽しかった？　暑かった？　友達とはどんな話をしたの？」。

質問攻めの自分にふと気付きました。自分は朝、子どもたちを送り出してから誰とも会話をしていないので急に話をしたくなったみたいなのです。なるほど専業主婦の人たちは、こんな生活のリズムの中にいるわけだから、よく近所のおばさんたち、学校の母親同士、友達との電話のおしゃべりが長くなったり熱が入るのだなと、主婦のメカニズムみたいなものが少し理解できたような気がしました。

時間差で小三のレイナが帰宅し、同じように出迎え、同じように会話をして、子どもたちと生身《なまみ》で、触れ合っている自分を感じました。

いつもは母親を間に挟んでというかワンクッション置いて子どもたちと向かい合っていたんだな、今は直接子どもと向かい合っているんだという新鮮な発見がありました。

九月とはいえ東京は厳しい残暑。汗をたくさんかいた子どもたちが着替えをします。すると、やっと片付いた洗濯物がまた山積みになります。心の中で「ヒェーッ」と悲鳴をあげながら、次は子どもたちと一緒にママの病院へ向かいます。

「今日はどんな感じだろうね。少しは良くなっているかな?」

そんな会話をしながら病院へ車を走らせます。

パパは迷（?）コック

ほとんど毎日お粥だけの食事だった彼女も入院すると食事が規則正しく出てきて、多少口に合わなくても食べるようになります。

だから元気になるはずです。そんな期待をしながら見舞いに行くのですが、そんなにうまくはいかないのです。

やはりまだ目眩《めまい》と吐き気は治まらず、点滴をしたままの弱々しい彼女の姿を見てしまうと、自分は焦っているわけではないのですが、少し気が滅入ってしまいます。

そんな中、子どもたちはやはり母親のぬくもりみたいなものが恋しいのか彼女のベッドに入り込みベタベタと甘えています。

「何か食べたいものは？」

「読みたい雑誌は？」

欲しいものを聞いて今日もお別れの時間。力ない言葉で「じゃあ明日ね」と彼女。

妻とお別れして次は夕食用の買い物へ走ります。

「今夜は何食べたい？」

これが本当に毎日の戦いのキーワードになり、大変なことだということに気付き始めました。

始めのうちは食べたいものが出てきたのですが、そのうち何を食べたいのか、何を作ろうかと悩んでしまうようになるのです。

今まで毎日何を食べていたんだろう？

そういえば、「今日、何食べたい？」の妻の問いに、自分は何も考えず「何でもいいよ」と無責任に答えていたなあ……。

でも何かしら毎日食事をしていたんだなあ。

そんな反省をしながら、子どもたちのリクエストで今夜はカレーに決定！

夏休み中は多少遅く寝ても、次の朝学校の心配をしなくて平気なので、夕食の時間がずれ込んでも問題はありませんでした。

しかし、学校が始まったからには、そこに生活のリズムを合わせなければなりません。そのためには、早めに夕食、入浴、宿題、明日の用意と、全て早めに流れを変えなくてはいけないのです。

ということは食事の支度を急がなくては！

お米をといで、まずご飯。カレーはカレーでも〝パパスペシャルカレー〟！

また、ここでママにどこかで張り合おうとしている自分が顔を出します。これが逆に自分を焦らせ追い詰めてしまう結果になるのです。

手の込んだ料理はいいのですが、時間がかかり過ぎてしまいます。でも夕食の時間は早めに決めた時間にしたいのです。まさに台所は戦場になるのでした。

子どもたちの宿題の進行状況を確認しつつ、

「お風呂はいつ入る？　あれ⁉　風呂を洗ってないぞ」

そうだ、息子に頼もう！

夏休みの期間、お手伝いをするというテーマがあったので、その流れで子どもに頼んでやってもらうことにしました。

娘は入浴後の着替えの用意などを、頼まれなくても自分から黙って動いてくれます。

「お利口だね。パパ助かるよ」

と声をかけながら私はカレーと格闘！　今日はカツカレー。

普段はママが何から何までやっていたこと。よくひとりで切盛りしていたなー！　また驚かされました。

子どもたちは実に良く手伝ってくれます。こんな〝良い子〟の姿、見たことがありません。ちょっと嬉しい気分です。

それにしても、悪戦苦闘とはよく言ったものです。まさに今夜の自分のことです。

「カレーを煮込んでいる間にトンカツだー」

子どもたちの夕食の支度でいっぱいいっぱいになり、私は自分のことなんかもうどうでもよくなっています。

どういうことかと言えば、自分はみんなと同じ食事をするのではなく、〝晩酌のつまみ〟のみの食事なのです。普段はサラダの他に二品くらいのおかずが並びます。それもいつもママが作ってくれていました。

でも、今夜はもうどうでもいいのです。キムチに、パックに入ったできあいのポテトサラダに、ナッツ類のメニューです。

普段に比べると何とも侘《わび》しいものではあるけれど、逆に料理を作っただけで食欲がなくなるのです。もうお腹いっぱいなのです。

家族の食事の他に自分の晩酌のつまみにと、本当に妻はよくやってくれていたんだなあーと、また改めて妻の仕事ぶりと努力と愛情に感謝、感激の一日でした。

悪戦苦闘は続く

夏休みが終わり、学校が始まると増えるものがあります。それは洗濯物！　だけではなく、以前から通っていた〝塾〟なのです。

月曜、火曜は、二人でそろばん塾、水曜はレオンのサッカー、金曜はレイナのバレエ、このスケジュールの送り迎えです。

この仕事もなかなか大変なのです。今日は学校から何時に帰り何時から支度をして何時に出発してというふうに、こなしていかなくてはいけないのです。

そんなスケジュールを縫うようにして病院へ見舞いに行き、買い物に行き、食事の支度をして……、もう目が回りそうな毎日です。

そこへきて自分の本業が明日、あさってと、スケジュールが詰まっていたのです。さすがにこの日は家のこともできず、自分の仕事に集中しなければいけません。

だいたいこの番組収録の二週間前あたりから自分は非常にナーバスになり、いろいろなプレッシャーもあり、家族に八つ当たりはしないにしても、どこかいつもとは違う自分になるのです。

しかし、今回はそんなことは言っていられません。

「この二日間をどうやって乗り越えようか？」

それが問題だったのです。

幸いなことに、前にも述べた娘の友達の家に預かってもらい、その家から学校も通わせてもらえることになりました。お弁当も作ってくれるとのこと――「助かった！」

子どもたちの制服、靴、帽子、着替えは下着にパジャマ、普段着、そして弁当箱、ランドセル、それらこまごまとしたものを、一つひとつビニール袋に入れて名前を書いていきます。この下着はレオンの、このパジャマはレイナのといった具合です。

けっこうこの作業は時間もかかります。でも、他人にお任せするのですから、ドサッと下着を渡されてもわかるわけがないですし、預けられた人の立場を考えると、このくらいは当然なのです。

これだけ時間を費やしても、二人の子どもを二日間面倒みていただけるのなら、当たり前のこと。

そして、二人分をまとめてバッグに収納し、その友達のお母様にお渡しし、お願いして準備ＯＫ！

さあ、いよいよ自分の本番へ向けて集中集中。

『ものまねバトル』の打ち上げで

前にも言ったように私は、かれこれ十三年以上続いている『ものまねバトル』という番組で、紅白に分かれた対戦の中、赤組のキャプテンを務めさせてもらっています。

これがけっこう責任重大というのもあるのですが、たとえキャプテンでも、何より自分のパフォーマンスを頑張らなくてはいけないのです。

いや、キャプテンであるがゆえに、というところもあります。

年間四回の収録があるのですが、それがまるで学生時代に経験した期末テストと同じ感覚なのです。

ものまねの番組も、平成元年を境として、ずいぶんと時代の流れとともに変化してきました。

世の中がまたお笑いブームになり、ものまねもその領域の一つのパフォーマンスという扱いになってきて、制作側も常に「多少お笑いを入れて、はずしてくれるとありがたい」というような雰囲気になっているのです。

たとえ正統派で私が真面目に歌っても、あまり似ていない新人のほうが面白ければ、その人が勝って、それで番組が成り立つのです。

時代の流れだから仕方がないと思うしかありません。

それでも、良くても悪くても長い長い収録が終わった後の解放感と満足感はこの上も無い喜びで、収録後の打ち上げは、それはもう赤組白組関係なく演者仲間と盛り上がるのです。

いつもはこの打ち上げが始まる時間が遅い時間からというのもありますが、必ず翌日の朝まで続くのです。

この日もやはり盛り上がった宴のなか、なかなか抜けられませんでした。結局、朝の三時半ごろまで付き合って、それでもみんなよりお先に失礼したのです。

自分がついていたと思うのは、仕事のスケジュールがそんなに詰まっていなかったことです。

プライベートな約束等はすべてキャンセルして、極力家事に専念できました。この先の十一月、十二月のスケジュールを見ると、どんなに頑張っても仕事と家事の両立がむずかしくなるのです。

「早く妻に元気になって復帰してもらわないと！」

と自分の願望が膨らむばかりでした。

しかし、自分の願いや思いと裏腹に妻の病状はいっこうに良くなる雰囲気はありませんでした。抗うつ剤、吐き止めの薬、目眩止めの薬、胃薬、ビタミン剤等、本当に薬を飲むだけでお腹がいっぱいになるほどの量にはおどろかされました。

薬を飲んでも、点滴を打っても、元気にならず病状の改善の見込みも無く、ただ抜け道の無い暗闇の迷路に入ってしまったような、病気とともに生活する毎日——本人もそんな状況の中、希望が持てず、抜け出せる道もなく、男の自分に家事をすべてやってもらっているという引け目が、また彼女のストレスとプレッシャーになっていたと思います。

そしてもう一つ、妻の頑張り屋で愚痴をもともと言わない芯の強いところが、すべてを内側に籠らせて、発散できない非常に居心地の悪いリラックスできない状況を作っていったのかもしれません。

そしてそれは、「パパごめんね」とか「ありがとう」と言えないジレンマとなって、かえって病気の良くなる方向を妨げているような気がするのです。

第3章

ママの病気を治すために

“神の手”の先生

病院が悪いわけではないのに、なかなか改善されない治療方法、薬への不信感が、彼女の不安をますます大きくするばかりでした。

こんなときは人間、神頼み的な気持ちになるものです。藁《わら》をも掴みたい気持ちから、治してくれるのなら医者でなくてもいい、ほかにいい治療法はないものかと考えあぐねる日々が続きました。

そんなある日、以前知人の紹介で治療してもらったことのある糸井先生のことを思い出しました。

糸井先生はおもに気功で治療されますが、不思議な力を持っていて過去にガンの患者さんを治したこともあり、ほかにも病院から見放された重症の患者さんを救ったという知る人ぞ知るすごいパワーの持ち主なのです。

西城秀樹さんが脳血栓で倒れたときにも、糸井先生が随分この気功で治されたそうです。自分たちはこの糸井先生のことを「神の手の先生」と呼んでいました。

糸井先生にお願いして治療を受けてみようということになり、その気功の話を病院に相談したところ、それを試してみるのもいいでしょうと、問題なく外出許可をもらえることになりました。

早速予約を入れて診てもらいに行くことになりました。神の手の先生の治療院は幸い入院中の病院からそんなに遠くはなかったのですが、問題が一つありました。

糸井先生のところへ妻を送り治療が終わるまでの時間つぶし、これが結構大変でした。約一時間半くらいの治療時間なのですが、ひとりで喫茶店にも入りにくく、結局車の中で仮眠したりして時間をつぶしました。

それから彼女を迎えに行き、そしてまた入院先の病院へ送ります。

自分は自宅へ帰り、家事をして、今度は子どもたちと再び病院へ見舞いのために向かいます。

神の手の気功の効果はテキメンで治療を受けたあと、彼女はかなり症状が楽になるようでした。また糸井先生の言葉は、彼女の気持ちに直球ストライクが入るみたいでした。たとえば、

「雨の日や曇りの日は気圧が下がるから、女の人は頭が重くなったり、調子が悪くなる人がいるのよね」

と言われれば、洗脳ではないのですが、現実その日の天気が朝から曇りだとすると、本人は天候のせいで身体の調子が悪いのだ！　と決め付けて本当に具合が悪くなるのです。

妻の場合、日常の生活ができないほど具合が悪く、体力の消耗がかなり進んでいたせいか、「今日は晴れているから調子がいい」というふうにポジティブにはなかなか考え方をシフトすることができませんでした。

もともと妻はネガティブな性格ではありませんでしたが、いろいろと精神的ショックも重なったのでしょう。元気なときには表面に出なかった繊細な内面というものも私は感じるようになりました。

気功の成果も、本人が割り切れて少しでも救われるのであれば良しとするかと、自分の本音はどうにも割り切れないものがありましたが、そのように考えるしか仕方がありませんでした。

多いときは週に二回、神の手の先生の気功へ通い、病院の治療も受け、そんな彼女の闘病生活は続きました。

正直に言うと、病院の入院費、気功の治療費も決して安くはなく、自分としてはお金の心配も否めない状況でした。

慣れない家事のストレスと、家族の中に病人がいるという現実問題と、それらすべての原因からくる肉体的疲労の蓄積からか、自分も徐々に調子が悪くなってきました。

以前から変わらない五時間平均の睡眠時間で、肉体労働の疲労に精神的疲労も加わり、ときには二時間ぐらいしか睡眠時間がとれず、疲れをとる日がめぐってくることはなく、蓄積していくばかりです。

学生時代のスポーツの部活での疲れなら、寝れば次の日には回復しますが、今現在の年齢と体力、そして心労があると、なおさら疲労回復は無理で、朝起きるときなどは、よくいう低血圧の女性のようになって、なかなか起きられないのです。

ですから、気合いだけで起きているといった感じです。

私は体重が八〇キロ台になると、自分でセーブして、減量します。それでもどんなに努力しても七六キロがボーダーラインで、七五キロというヘルスメーターの数字はついぞ見たことがありませんでした。

それが、自分ではまるで予想もしていませんでしたが、何と体重は七四・七キロにまで減っていたのです。飲んだり食べたりする量が極端に減ったとは思えないので、それだけ激務をこなしていたのだと我ながら感心してしまいました。

減量できたことは少しうれしかったのですが、このままだと共倒れしてしまうかもしれないという不安がよぎりました。

しかし、まだ一ヵ月余りのこと、

「何のこれしき！　世の中にはまだまだもっと重い病気と戦っている人たちや治る見込みのない重病人の介護で頑張っている人もたくさんいるんだ」。

そう自分に叱咤激励《しったげきれい》するのでした。

子どもは私の先生

しかし、このような苦境の中で自分を救ってくれたのは、何といっても子どもたちの存在でした。

どんなに疲れていても、子どもの笑顔でどれほど救われたかわかりません。私にとって子どもたちの笑顔は天使の微笑みのように、私の疲れた心を癒してくれました。

本当のところ、子どもたちは子どもたちなりにつらい思いをしていたはずなのに、ふつうならもっとわがままも言いたいし、甘えたいときもあるでしょうにと思うことがあります。

ところが、逆に子どもたちは私のことを気遣い、掃除など手伝いをしてくれたり、買い物のアシスタントを明るく楽しそうに付き合ってくれたり、自分の作ったまずい料理も「美味《おい》しい、美味しい」と言って食べてくれたり……。

それでなくても、自分の年がいってから授かった子どもですから可愛くてしょうがないのです。そんな愛しい子どもたちが、どれだけ自分を勇気付け元気付けてくれたことでしょうか。

私は子どもたちに教わることばかりでした。

人間として優しく生きること、正しく生きることなど、子どもたちと一緒に勉強させられているのだと感じるのです。

そして妻が倒れてから、更に子どもの素晴らしさ、女性の強さ、母親のすごさを教えられたような気がします。

決して男には、どう頑張っても太刀打ちできない妻に対して、ある意味尊敬に値する感覚さえ覚えたのです。

このあまり経験したくもない今回の私の家族に降りかかった困難ではありますが、やはり人間苦境に立たされて初めて知ることがあるのだと実感しました。

このようなことがなければ、妻や子どものことも、これほど新しい気付きは私の中で生まれてはいなかっただろうと思うのです。

甦る習性

若いころ、喫茶店で軽く見習いで修業していた経験があると前述しましたが、そのときの習性みたいなものは何十年経っても抜けないものだなと今回思い知らされました。

血液型とか性格にかかわらず若いときの経験は怖いくらい体に染み付いていたのです。

初めのころ、台所に立ったときは余裕が無かったこともあったのですが、時間が経ち、少し家事に慣れてくると自分の中から抜けていなかったものが顔を出し始めました。

それは台所の掃除です。

壁、床に止まらず、鍋、釜、ボウル、冷蔵庫の中、はては食器まで汚れや、くすみまで気になり始めたのです。

台所が女性の聖域とはオーバーな表現ではありますが、その台所を自分なりに聖域とはいかないまでも、少しでも汚いと感じたものはすべてきれいにしないと気がすまないのです。

けっして心に余裕があるはずもないのに、気が付くと磨き始めているのです。

この行為は、妻が病気で家に居るのなら、嫌味になるのだろうか、それとも喜ばれるのだろうか、という疑問が頭をかすめましたが、すぐにどうでもいいと思いました。なぜなら、今はどっちにしても磨かなければ気がすまなくなっていたからです。

今となっては、台所は自分の領域のようなものなので、自分が動きやすくて、きれいな環境づくりをするのは当然とばかり、ゴシゴシ、ゴシゴシ。どこか心の中で、彼女が戻ってきてキレイになった台所を見て喜ぶかな？　それとも、どうだ自分がやればこんなにきれいになるんだと言わんばかりに、張り合っているみたいで、やっぱり嫌味かな？　などと思いながらゴシゴシ、ゴシゴシ。

どうやってもとれない汚れのついた鍋などは捨ててしまい、新しい鍋を購入するなど、使っていない古い台所用品も捨ててしまいます。

昔、見習いをしていたころは毎日毎日、明けても暮れても掃除と鍋みがきばかりでした。料理を覚えるより掃除と洗いものばかりだったのです。

しかし、そんな習性が何十年もの時を越えて甦ったかのように台所を掃除している自分が何だかおかしくなりました。ハハハ…

そのころからでしょうか、自分の手はカサカサになり始め、寝る前には手荒れ防止クリームを手にすり込んで寝るのでした。手荒れも女性にとっては悩みのタネ。これもまた一つ主婦の大変さを実感したのでした。

夕飯とお弁当のメニュー

一週間が経過したころでしょうか、新しい問題が出てきました。新しいといっても、それは毎日片時も頭を離れないといってもいいくらい、生活に密着した悩みでした。

夕食の献立メニューなのです。

自分のレパートリーには限界がありました。だからといって料理本を読んで新しいレパートリーを増やすことも、なぜかおっくうで気分的に無理がありました。

そこで子どもたちに相談しました。

案は、一週間の夕食をカレンダーに記入していき、その一つのパターンができあがったら、子どもたちと相談しながらそのパターンを繰り返していく方法です。

これは少々自分勝手な案ではありますが、レパートリーの数に限界がある状況では仕方がありません。

たとえば、少ないメニューの中で家族全員が好きなしゃぶしゃぶ鍋をしようとしたところ、これが逆に大変なのです。何が大変かというと、それは具材の量が問題なのです。

豚肉と野菜。良く考えるとわかることなのですが、大人一人、子ども二人の人数に野菜はこれくらいかな？　少なめに購入したのに子どもたちはほとんど野菜は口にせず、お肉とマロニーちゃんだけで、野菜は大人の自分のみで結局は大量に野菜を食べきれずに、無駄にしてしまい、捨てることになります。

だからしゃぶしゃぶはメニューから削除します。

鍋料理は具材の量さえ、ちゃんと考えれば割りと楽な料理なのです。でも逆に洗い物が多く後片付けが意外と大変だったりするのです。

それにしてもママはいつも何を作っていたかな……?

ちなみに、それからの一ヵ月間、我が家の夕食のメニューは表のとおりでした。

見ておわかりのように、笑ってしまうほどの内容のメニューなのです。反省、反省! あーこれでは栄養のバランスも何もあったものではありません。栄養士でなくても、自分がみて偏食の典型的な悪い例だと思います。

これと同じようにお弁当のメニューもそうなんです。卵焼きは基本であとウインナー、冷凍食品で肉系の揚げ物、野菜は食べてくれないが、レタスを敷いたり色付けにミニトマトを入れて。

そしてこれらを小さな弁当箱に詰めるのがひと苦労で、沢山入れようとすると、はみ出してしまいます。

子どもが喜ぶように海苔《のり》をハサミで細工したりソースを工夫したりはす

るが、これにも限界があるわけで、毎日子どもたちにリクエストをとり、アンケートをとり、お弁当のおかずを決めるのです。

　頑張って残さず完食してきてくれる子どもたちに感謝をしながら、子どもたちのヒットメニューになりそうな新しい一品を探して次の弁当

■平成19年9月の献立及びスケジュール表

月	火	水	木	金	土	日
27	28	29	30	31	1	2
		ママ入院			焼魚	中華(出)
3	4	5	6	7	8	9
始業式 親子丼	ハン バーグ	パスタ ミート ソース	プール カレー	お好み焼 (外)	ギョーザ マーボー	焼肉 (外)
10	11	12	13	14	15	16
バトル RH	バトル (本)	レオン サッカー 鮭ソテー	プール しゃぶ しゃぶ	レイナ バレエ お好み焼(外)	授業参観 ママ外泊 サンマ	カレー
17	18	19	20	21	22	23
パスタ ピザ(出)	そろばん ギョーザ 春雨	レオン サッカー すし	ママカウ ンセリング しゃぶしゃぶ	パスタ ピザ(出)	お好み焼 (外)	弁当(出)
24	25	26	27	28	29	30
シチュー	そろばん ギョーザ しゅうまい	レオン サッカー ステーキ	ママカウ ンセリング おそば(外)	弁当(出)	ちゃん こ鍋	カレー

(出)＝出前、(外)＝外食

に入れます。

夕食の献立も、お弁当の中身も考えるだけで大変なのですねー。

大好きなゴルフ

無類のゴルフ好きな私は、何を犠牲にしてもゴルフには行きます。

それくらいゴルフ好きな私が、この状況下、プライベートなゴルフの誘いはすべて断っていました。もっとも行けるような状態ではなかったからです。

それでも、スケジュールで前々から決まっていたプロアマ参加のゴルフ競技会のイベントだったりするときは、本当に困ってしまいます。

ゴルフといえば、行く場所にもよりますが、だいたいは朝六時起きで支度をして七時出発みたいなパターンなのです。

しかし今は子どもたちのことがあるので、いつもとは大違いです。

子どもたちの支度、弁当作りと、やっておかなければならないことがたくさんあり、これらをすべてクリアするには、逆算すると朝の四時には起きなければ間に合わないのです。

そう、いつもいつも友達のお母さんに甘えて子どもを預かってもらうわけにいかないし、自分でやるしかないのです。

いくらゴルフ好きな私でも、さすがにこんなときはきつかった！

妻が倒れてからというもの練習どころかクラブも握っておらず、いいプレーができるだろうかという不安もありました。反面、久々にゴルフができるという喜びと、ウキウキ感で、まるで遠足の前の晩になかなか眠れない子どものようでした。

その日はゴルフのプレーが終わってからお風呂にも入らず、もちろん普段のプロアマのときは表彰パーティーがあるのですが、そのパーティーにも出席せず、一目散に自宅へと車を走らせるのです。

今日は病院に見舞いにも行けず、子どもの塾の迎えにも行けず、朝は朝で子どもたちだけで支度をして学校へ行かせ、夕食の支度もできず、ずいぶん自分は子どもたちに迷惑をかけたと大反省をしながら、ハンドルを握り帰宅の途《と》につくのでした。

今夜は近くのレストランで三人で外食だな。実に一週間が早く感じるものです。

……今日は塾、サッカー、今日は燃えるゴミを出す日、子どものプールの授業、今日は燃えないゴミの日等、あっ！　という間です。

授業参観日

土曜日は、学校は休みなのに今週は授業参観の日です。

朝早くから自分も支度をして、今日はスーツ姿で学校へ行くのです。少し地味めのスーツを選び、準備はよし。学校で履くスリッパを用意しようと、探すのですが見つかりません。

普段はママが何でも用意してくれていたので、学校で履くスリッパのあるところがわからないのです。時間がないのに、下駄箱から物置きまで必死に探しました。でも見つかりません。

間に合う出発予定ぎりぎりの時間に見つかり、いざ学校へ。自分の身支度もすべて妻任せだった自分。本当に彼女にたくさん負担をかけていたんだなあ……。とまた、反省。そして妻に感謝！

参観日は以前、妻と二人で一度行ったことがあるので戸惑いはありませんでした。

今回はレオンが小学一年生で、彼にとっては初めての授業参観日になります。自分もちょっと特別な思いで参加しました。

上のレイナの授業とタイミングをみては下の子の授業と、なるべく二人とも同じくらいの時間をみてあげよう！

それにしても人間五十歳を過ぎるとだれしも思い当たると思いますが、本当に涙腺《るいせん》が弱くなるもんですねー。

特に自分の涙腺の弱さには驚かされました。レイナの音楽の授業を見ていたときのこと、生徒全員で合唱するシーン。

ただ歌うだけではなくて、手袋をした手をみんなでパッと広げたりして、聴覚だけでなく、視覚も刺激されるようなパフォーマンスがあるのです。

仕事柄、音楽に携わっている自分の心にグーンと響いてきたのは子どもたちの純粋な透き通った歌声でした。

どんな楽器の音色よりも人間の肉声の方が優れた説得力があるということは理解はしていたのですが……。気が付くと恥ずかしいくらいに涙が溢《あふ》れ、こぼれ出していたのです。

大人の世界、汚れた社会、裏切りや嘘、醜い喧嘩や争い、嫉妬、挙げればきりが無い淀みきった世界の中で生きている自分たちの心をきれいに洗い流してもらったような気持ちになりました。

今日、授業参観に来て本当に良かった。心からそう思いました。

この日良かったできごとがもう一つありました。

入院して三週間くらいたった妻が、より早く退院できるようにという病院の先生の提案で、一日外出帰宅してみようというのが今日だったのです。

授業参観を終えて、午後から子どもたちと三人で妻を迎えに行きました。

久しぶりの一家四人の団欒、本調子とは決して言えない妻にとって、久しぶりの家はどんな感じなんだろう？

何となく落ち着かない様子もありましたが、やはり自宅はホッとするみたいでした。子どもたちもどことなく遠慮気味に久しぶりの母親に甘えていたのです。

今夜の献立はサンマの塩焼き！

楽しみにしていた夕食。ところが夕方になって彼女の様子がおかしくなったのです。

この外出帰宅は気分転換にもなると、期待していたのに！

目眩《めまい》が止まらず、吐き出した彼女を見て、私はこのまま自宅に置いていてはいけないと判断し、急遽《きゅうきょ》病院に戻す決心をしたのです。

調子が悪いのに、無理をして自宅に泊まっても逆効果になると考えたのです。

今夜は家族四人で眠れると楽しみにしていた子どもたちの気持ちを踏みにじることに罪悪感を覚えながら、またUターンし自分は妻を病院へ送ったのです。

自宅へ戻ってから三人だけの淋しい夕食。今日のサンマは妙に苦く感じました。（大根おろしのせいかな？）

外泊をして通常の生活に戻れるようにと試みたはずなのに、彼女の病状は逆戻り！

彼女の病気は少しは改善されているのだろうか？

手術をして何日目には退院とか、あとどれくらい治療すると治るとか目標みたいな道しるべもない、抜け道の見つからない迷路に入ってしまったような病気。この病気はいったい何なんだ！

彼女の身体は元気になるどころか、どんどん弱っていっているみたいに感じました。入院する前からすると妻の体重は八キロも落ちてしまっていました。

もともとスリムだった彼女は、拒食症の女性のようにも見えるほど痩せてしまっている……。精神的に改善するのか肉体的に改善するのか、どちらが先なのか？

自宅療養の決断

このころからカウンセリングを受け精神的な方向からも攻めてみたり、またもう一度内臓を再検査して肉体的に問題はないのかと、攻めて調べてみても答えが見つからないのです。

大きな意味の中でいう自律神経失調症、心身症、どう考えてもやはりこの病気は精神に問題ありなのだ。いわゆる心の問題なのだ。だとすると、いったい彼女をそうさせた原因は何なのだろう？

原因は？　ストレス？　もしそうならそのストレスは何からきているのか？　彼女の本質からか？　環境が変化したから？　考えても考えても答えは見つかりません。

おい！　ちょっと待てよ、原因はまさか自分なのではないのだろうか？　自分の何かがそうさせたのではないだろうか。あれこれと考えても答えが出ません。

「いったいどうしたらいいのだろう！」

入院して四週間目になろうとしたとき、突然、病院側からベッドの数の問題で病室を移動して欲しいとの連絡がありました。

個室から一般病棟に移動することになるらしいので、そうなると知らない人と同室になります。それが、今の彼女にとっては精神的に負担になり、入院していること自体が逆効果になる可能性も出てくるのではないかと思い、私は決断しました。

入院していてもいまだに目眩は治まらず、そして吐く。苦しむ。ふつうの歩行さえむずかしいくらい、体力的にも弱っているのです。

ならば、いっそ退院して自宅で療養させようと考えたのです。

担当医師、そして友達の山口先生に相談して自分は決めました。

決めてからは、自分でも驚くほど早い動きでことをすませました。自分でもこんなに決断力、行動力があったなんてと、自分で自分に驚きました。自分の考えが間違いかもしれませんが、決めた以上やるしかない！　そのときはそれほど勢い付いていました。

実際、回復の兆しの見られない入院生活に業《ごう》を煮やしていたので、変化を求めていたのでしょう。病状に変化がないのなら、環境を変化させることに気持ちが動いたのだと思います。

入院費用の支払い、保険の手続き等をすませ、妻が自宅に戻った後の環境を整えなければいけません。私は自宅を病室と同じようにしようと考えました。

その方が彼女にとって快適に過ごせると思ったのです。

頭の位置を高くしないと寝られないし、起きたり横になったりするのが不自由なので、病院のベッドと同じように背の角度を調節できる電動式ベッドを購入し、ベッドの中で食事もできる可動式のテーブルを購入し、そして彼女専用の小型テレビ（一〇インチ）を購入し、これで受け入れ準備OK！　と手抜かりなく万端《ばんたん》整えたと我ながら悦に入っていました。

彼女の部屋は子ども部屋を使わせてもらうことにし、私と子どもたちは二階の和室で一緒に寝ることにして、妻の自宅療養がスタートしました。

〝退院〟という決断は早かったし、自分でもなかなか行動力があったと思いますし、いい判断をして良かったと胸をなでおろしました。

しかし、事態はそう甘くはなかったのです。

優しさが甘えを生む

今まで入院中は、看護師さんがすべて彼女のお世話をしてくれていたわけで、これからはすべて自分がしなくてはいけないのです。私と子どもたちの食事の用意とは別メニューで妻の食事を作るのはもちろんのこと、寝ている病人が自宅にいるのですから、当然、その世話はいろいろと出てくるはずです。

要するに、自分にかかる負担が増えたのです。

自宅に戻った妻の状態は思ったとおり、良い方向へは向かず、以前と同じように目眩と吐き気の繰り返しです。

食欲もないのですが、胃に負担をかけないようにするため、薬を飲むためだけに無理して食パンを牛乳で流し込むような粗末な食事ですから、これで元気になるわけがないのです。

夕方から夜にかけて、調子が悪くなる日が続き、ときには友達の山口先生が夜遅くに往診してくれて点滴を打ってくれたりしました。

「これだったら退院しないほうが良かったのかな?」

良くなるつもりで、すべての環境を準備万端整えて意気込んでいた私は、ここでまた気落ちしました。

点滴が終わるまでの時間、私は先生に相談しました。

そのとき先生から出た言葉に、私は愕然《がくぜん》としたのでした。

「あなたが優し過ぎる！　だから彼女は逆に甘えてしまうのです」

私は耳を疑いました。自分では最善をつくしたはずの私の行為に問題があるといわれたのですから、驚かずにはいられません。

先生の説明は続きます。

「甘えが病状の改善に歯止めをかけてしまっているのですよ。あのベッドを用意したりしたことすべてが逆効果なのです。入院している状況と同じにしていると、いつまでも通常の生活に戻れなくなるし、もっともっと病人になっていくよ！　甘やかさず、本人がやらなければ！　という自覚を持たせ、本人が自分の意志で歩き出さなければ無理ですよ」

正直言って目の前が真っ暗になりました。

彼女にとって良かれと考え、何とか良くなるようにと考え、彼女のため必死の思いでやったことがすべて逆効果だったなんて……。

これからいったいどうしたらいいんだろう？

先生はこう答えてくれました。

「彼女自身が何か目標を持って、それに向かい動き出すことが何らかの変化を起こすかもしれない。そのことに賭けるしかない」

「目標って何だろう？」

運動会！

そうだ、子どもたちの運動会を自分の力で観に行くことだ！

それが目標になるかもしれない。

十月六日がその運動会。末っ子のレオン初めての運動会、リレーの代表選手に選ばれて走るレオンの運動会、学級対抗リレーで走るレイナの運動会、全員で踊りを踊る運動会まで二週間。彼女は行くことができるだろうか？

私は彼女が運動会に行けるようにするために、いったい何をしたらよいのだろう？

まずはふつうの生活が送れるように手助けをしよう。電動ベッドも片付け二階の和室で二人で寝るようにして、そして彼女を甘やかさないように……。

しかしこれがむずかしいのです。

見ていると、布団から起き上がることさえままならない彼女の姿。起きるまでにものすごく時間がかかるのです。

目眩がして、続いて吐き気がしてきて、そして袋に吐く。

世の中ではエコバッグと称する袋を持ち歩き、スーパーではレジ袋をもらわないようにしているというのに、我が家では逆に必需品なのでした。

一日に数十回もこのレジ袋に吐きまくるため、我が家の消費量はかなりのもので、逆にレジでいつも多めにもらってくるのです。

横も向けない、上も下も向けず動きも超スローでまるでヨボヨボの年寄りみたいな姿。ただかわいそうというよりは、なぜこんなことになってしまったのだろうという不思議な気がしてなりません。

とにかく入院する前とあまり変わっていません。

いや、以前より悪化しているようにも見えます。そんな彼女の姿を見ているとを甘やかさず厳しくするなんてとてもできるはずがありません。

私にできることはやってあげよう。そう思うのがふつうだと思うのですが、ここが本当にむずかしいところなのです。

悩みました……。悩み続けました。

無意識の中の意識

この病気について随分妻と話をしました。

本人の意識でなく、無意識の中に支配されている身体について、これには脳が深くかかわってくると思うのですが、入院した0病院の先生からは心身症という病名でお話を聞いたことがあるのです。

自分でもその関連の本を読んだり、インターネットでずいぶんと調べました。私にはそのとき、とても衝撃的なものがありました。

たとえば、声を出したくても出せないのではなく、無意識の意識が出さないようにしているというのです。

これについて話し合うなど到底無理がありました。無意識に起こる心の動き、無意識下の身体の反応なんて、実際説明もできないことを真剣に話し合うなんてできるわけもないのです。

正しくは話し合うというよりも私が彼女に説明するのですが、結局私も「無意識の中の意識」を変えるなんて、どう考えても無理だと思っているので結論は出ないのです。

無意識なのですから、コントロールできるはずがないと考えるほうが自然なのです。プロのカウンセラーでもむずかしいテーマなのですから、所詮帰着点は見出せないまま途中で話は終わるといったことの堂々巡りでした。

このように思い悩んでいると、世の中にはもっともっと重病や難病で苦しんでいる人たちがたくさんいることも、ふと考えさせられることがあります。

介護にしても老人介護だったり、重度の障害がある人だったりと、自分たちよりもっと苦しんでいる人たちや、大変な問題と戦っている人たちがいるのだとしみじみと思いました。

しかし、苦しみの度合いというものは病気の重さや、環境の違いだけで比較して決めたり、測れるものではないと思うのです。

つまり、私の苦しみや妻の病気が、もっと重病の人と比べるとまだマシだから、じゃあ悩まなくてもいい、良かったねというものではないということなのです。

現実に私たち家族の戦いは、私たちにとっては最大級の問題でしたから。

しかし、そう考えてしまっている自分たちはネガティブになってしまっているのではないか?!　ということにも気付きました。

どのような苦しい状況下にあっても、そこから這い出そう、抜け出そうとするエネルギーは、やはりポジティブに考えなくては生まれ出てくるものではないと思えるのです。

やはり、前向きに、前向きに、と自分たちに言い聞かせるのでした。

第4章

一進一退をくり返しながら

運動会

子どもたちが通っているトキワ松小学校の運動会は、学校のグラウンドではなく、横浜にある姉妹校に当たる美術短期大学のグラウンドを借りて行います。

生徒、父兄、全員がその場所に移動するのです。集合するだけでもひと苦労する運動会は、その分だけ感動も大きいのです。

我が子が参加し、頑張る姿を見るだけでふつうに感動するのですが、この運動会は父兄参加型で応援にしても競技にしても、クラスごとにまとまっていて、とにかく、とても熱いのです。

そのぶん感動も大きく素晴らしい運動会ですから、毎年楽しみに参加できるのです。私の姉もトキワ松小学校運動会のファンで、毎年ひとりでもわざわざ札幌から観にくるのです。

もちろん自分の可愛い姪っ子、甥っ子の雄姿を観るのが目的ではあるのですが、昨年（平成十八年）は姉の旦那《だんな》さんと一緒にきたりしたほどです。

さて今年はというと自分の母が八十歳になり、まだ健在なのですが、足腰が弱く長旅もままならない状態です。その母が、

「最後に（何の最後か分からない）孫の運動会を観に行きたい」

と言うので、姉が付き添いとして札幌から二人で出てくるのです。

そんな運動会に、はたしてママは行けるのだろうか？

先生がこの運動会がきっかけで、病気が快方に向かうといいねえと言っていたように、彼女は変われるのだろうか、変わって欲しいという希《ねが》いを込めて祈るしかない私でした。

＊　＊　＊

運動会前日

札幌から上京してきた母と姉が、早速夕方運動会の弁当作りのための買い出しへ出かけます。

姉は少々荒っぽいとはいえ手際《てぎわ》よく家事をこなすタイプの主婦で、とにかく仕事が速くて元気がいいのです。

台所に立つべき人が立ち、その動く姿が我が家に精気を与えるかのような気がしました。やはり台所は女性の領域なのかなあ！

普段は自分が立ってあたふたしていた台所に活気が溢れ、料理のいい匂いがしてきます。いいもんだなー。

妻は、というとやはり姑、小姑が台所に居るという戸惑いは隠せないようでしたが、そこは姉にすっかり甘えて、割り切った様子でした。

本人がそれなりにできる範囲で、明日の子どもたちの支度をやり始めたのです。久しぶりに自分は何もしないで、ゆったりと流れる時間を楽しみながら、このまま無事にママも元気になり、明日運動会に行けるといいなあー、と願いながら、にぎやかな夕食を楽しみ、そして眠りについたのです。

＊　＊　＊

十月六日（土）　運動会当日

この日は朝から快晴。気持ちのいい運動会日和《びより》でした。

朝早くから姉と母が弁当作りをしています。

私はふつうの父親がする役割のビデオカメラ、一眼レフカメラの準備をすませ、車にいろいろな荷物を積み込み、後は出発を待つのみでした。妻の体調はどうなんだろう？

こちらが心配をして「大丈夫？」と声をかけたのですが、ビックリ！

彼女は行く気満々。ガリガリに痩せた身体にスウェットの上下、大きめの帽子を目深《まぶか》にかぶり日焼け対策もバッチリ！　新しいスニーカーを履いています。

おーっ！　ママが運動会へ行けるぞーっ！

今回の運動会は感激からスタートしたのです。

毎年、いつも天気には恵まれるのですが、熱中症になるくらいの暑い気候と長丁場《ながちょうば》に彼女は耐えられるのか？　という心配をしながらも横浜の会場のグラウンドへ出発しました。

もし体調が悪くなることがあれば、自分が彼女を自宅へ送り返し、また横浜へ戻る心積りでいました。

運動会は徒競走から始まります。このトキワ松小学校では、生徒たちは裸足で芝生のグラウンドを走ります。靴を履いてはいけないというルールはありませんが、ほとんどの生徒が裸足なのです。

裸足で駆けるのは土踏まずを形成して健康にもいいそうですが、最近子どもが裸足で走る姿はとんと見かけなくなりました。そのせいか、自分の子ども時代を思い出して裸足で走る生徒たちにとても親しみが湧きます。

運動会は進み、自分の子どもたちはうれしそうに楽しそうに元気良く走る、走る。走る。

足が速い子ども、遅い子ども関係なく、必死に頑張る姿が観る人に感動を与える運動会。

実に純粋でキラキラ輝いている子どもたち、どこの親でもそうだと思うのですが、カメラのファインダーを覗き自分の子どもの姿を探しているうちに感動して涙が出てくるのです。

シャッターを切りながら大声で自分の子どもの応援をします。

今まで見せたことのない、少し緊張した真剣な表情で走る姿に応援の声が上ずり涙が溢れ出します。

そしてもう一つの感動は、この運動会に妻が来られて本当に良かったということです。感動が何倍にもなって恥ずかしいくらいの涙がまた……止まらないのです。

＊　＊　＊

午前のプログラム終了

楽しい昼食、お弁当の時間。

眩しいくらいに光っている芝生の上にシートを敷いてお弁当を並べ、おにぎりを口にほおばります。隣同士になった友達の家族と、お弁当のおかずの交換が始まり、大賑わいのランチタイムのひとときを過ごしました。

＊　＊　＊

そして午後のプログラム

クラス対抗リレー、学年対抗リレー、全校生徒全員リレー、そして学年別父兄リレーと運動会の花形種目が続き、運動会の盛り上がりはクライマックスを迎えて、最後は児童と父兄の合同で記念撮影です！

はい、ご苦労さん！

この日、妻はかなり疲れたと思います。

朝出発してから自宅へ戻るまで約十時間もの長い時間、外で過ごし、彼女はよく頑張ったと思います。それよりも驚いたことは、彼女は今日一日、一度も吐かなかったのです。

翌日、姉と母はお土産を買うために自由が丘へ行きたいとのこと、気分の良かった妻が「私も一緒に行く！」と言い出したのです。

これまたびっくり！　運動会がきっかけで本当に病気が良くなる！　そうなのか。

「夕食はみんなで焼肉屋さんに行こうね。予約しておいて」

と女性三人で出かけて行ったのです。

やった!!　良かった、良かった。何でもいいんだ、ママが元気になれば。

ハハハハハ……。

＊　＊　＊

ところが、喜びも束の間。

夕方、楽しそうに元気に自宅に戻った彼女の容態が急変したのです。激しい目眩と嘔吐、結局焼肉は中止！　姉が昨日の残り物を料理してくれました。無理したせいかな？　昨日の疲れも出たんだ。

天国から地獄へ落とされたような気持ちになりました。病状は良くなっていたんじゃなかったの？　また逆戻りなのか！

＊　＊　＊

今日は母と姉が札幌へ帰る日。

子どもたちと私で空港まで送ることにしました。家の玄関先で、

「元気でね。無理しないようにね。ママ」

と母と姉が涙ながらに妻との別れのとき。昨日の昼間までの彼女の姿とは大違い。その顔には精気もなくやつれた表情で力なく、

「ありがとう」と、やっとひとこと言えたという感じでした。

母と姉を羽田まで送った後、子どもたちと三人だけの車中、何でこうなるんだ！　怒りにも似た感情がまたぶり返します。

またしても前のような戦いが始まるのか？　この何かに裏切られたような状況に腹立たしい感情が爆発しそうでした。

子どもたちも淋しそうな表情で車の外の景色を無言で眺めていました。

占い

人間というものは人さまざまではありますが、宗教だけにかかわらずその人なりの信仰心があり、よく手を合わせます。窮地に追い込まれたり、

どん底へ落ちて、そこからなかなか浮上できずにいると、その状況を何とか好転させたいと思い、誰でも神頼みになるものです。

自分と妻もそれであり、この先々がいろいろ不安であったりすると二人そろって占いでみてもらい、それを信じるほうなのでした。

特に自分は彼女が病気になってからは、その責任は自分にあるのかもしれない。自分の運勢的な何かがそうさせているのではないか、と自暴自棄《じぼうじき》になり、悩みもがいて、よく当たると言われる占い師というか、今ならスピリチュアルカウンセラーというのでしょうか、霊力のある人のところを訪れてみてもらっていたのです。

たとえば北海道の伊達市にすごくみえる人がいると聞けば、日帰りでも飛んで行ったりしました。

もう、こうなったらママが治るのであれば何でもやるし、信じるしかないのだと思い、何人かの人にみてもらいました。そしていろいろアドバイスをもらい、言われたとおりにもしてみました。

しかし結局は何も、というか、さほど大きな改善が見られません。それでもアドバイスされたその方法を続けたりしていたのです。

ただ自分の心の中ではいつも、もっといい道しるべがないものかと良い解決法を追い求めていたのです。

そんなある日、以前聞いたことのある気学の先生のことを思い出しました。

その先生は半年も前から予約しないとなかなかみてもらえない先生だそうで、自分は諦めていたのですが、突然無理を承知で電話をしてみたのです。

もともとある知人の紹介だったことと、タイミングが良かったのか、その日突然予約のキャンセルが出たのです。その時間であれば来ていいと言われたので、こんなチャンスはないとすぐさま飛んで出かけました。

場所は八王子、その先生のお話は当たるも八卦当たらぬも八卦という気休めのようなものではなく、自分も驚愕する、もっと核心を衝いた内容でした。

もちろん信じる気持ちがなければ、その先生の話もくだらない話に聞こえるかもしれないのですが……。

結論からいうと、先生のお話はこうです。

今住んでいる家を引越ししなさい、というものでした。しかも数々の条件付きの引越しの話でした。自分にすれば正しく、信じれば救われるという気持ちで一大決心をしたのです。

引越し

彼女の病気が治るのなら、自分の仕事もいい方向へ向くならば、家族の幸せのために引越しをしよう！

助かるためには藁《わら》をも掴む心境なのです。この引越しの厳しい条件とはこうです。気学から計算された方角の規制、物件を探し始める時期の規制、物件に住み始める日、住み始めてからの規制など守らなくてはいけない、さまざまな条件がたくさんあったのです。

その中でも難関が二つありました。一つは引越しのことを他言してはならないということでした。もう一つは探し始めてから引越しをするまでの日数があまりにも少ないことでした。

それでも自分はどんなに厳しい条件であろうが実行あるのみ！決意を持ってこの引越しを完遂しなければいけないと、強い意志をもって挑みました。

それにしても引越しをする、ということを誰にも話してはいけないという条件はきつかったです。それと前もって準備ができないのもきつかったです。

どちらかというと、計画的に物事を進めて行く性格の自分でしたから、自分の思うような段取りでことが進められないという苛立たしさがありました。

さて、物件を探し始めた日は、雨で気温も低く寒い日でした。運命的なのか不思議なことにいい不動産屋の人に会い、理想的な物件にめぐり合えたのです。そして、その日のうちに部屋を見ることができたのです。

あまりにもトントン拍子に見つかったので逆に不安になり、他の物件をまったく見ずに決めるのは後で悔いを残すことになってはよくありません。とりあえず比較対照する他の部屋を見せてもらい、やはり初めに見たその物件に決めたのです。

早かったですねー。

物件が決まると次は引越し屋さんを決め、引越しの日程を決め、その他諸々の手続きをしてと、もう頭の中はパニック状態でした。

しかし二、三日してからのこと、突然大家《おおや》さんから契約のキャンセル！業界用語で俗に言うドタキャンです。

理由は、芸能人お断りの方針の大家さんだったので、わかった途端にこの話はなくなりました。私はいつもそのようなときは会社契約とか本名を使うので、芸能人ということは割れていないのですが、仲介人が口を滑らせたのではないかと思います。

芸能人を喜んでくださるオーナーさんもいらっしゃいますが、その方は以前芸能人で迷惑を蒙ったことがあるようでした。

それにしても、一週間後には引越し。バタバタと移転届け等の手続きも済ませ準備万端とはいかないまでも、うまく進んでいたはずなのに……どうして？　知り合いの不動産関係の知人に電話をかけまくり、急いで違う物件を探しました。

そう簡単に見つかるわけがありませんよね。

しかし、捨てる神あれば拾う神あり、ですねー。

申し込みをして大家さんのOKが出るまで最低でも一週間はかかるはずなのに一発でOKが出た物件が見つかったのです。

妥協するところは妥協して妻も結構気に入ったみたいなので、その物件に決めました。

そんなこんなで思いもよらぬトラブルもありましたが、無事予定の日に引越しができたのです。

以前よりも環境はバッチリ！　家の前には広い公園があるのです。ベランダの前一面に広がる森があるのです。ここなら最高の環境が整っていて、妻の病気もきっと良くなりそうな、大きく変われそうな気がしました。

彼女が運動会に行くことができたように、また新たな奇跡が起きるのだと自分は信じたかったのです。

それにしても、本当に難関だらけの引越しでした。

まずタイミングが悪く、自分の仕事のスケジュールが過密になってきた上に手続きするものが多かったのです。自分の個人事務所も兼ねていたので移転手続きは会社もしなければならず、すべて一人で役所を駆けずり回り、それはもう大変でした。

しかも十一月の末ですから、時期的に仕事も押せ押せの状態です。無理難題を超えて実現できてこそ、幸せが待っているのだと信じて頑張りました。

引越しの準備、引越しの最中、引越しの後片付け、整理、掃除、今回妻はすべてにおいて戦力になりませんでした。

相変わらず身体の調子は悪いままでしたので、むしろ今の彼女にやらせるのは酷な話というものでした。それにしてもすべて自分ひとりができるわけもなく困り果てていました。

救世主

そんなときに救世主が現れたのです。札幌にいる自分の姉でした。心配で心配でいてもたってもいられなくなり、飛んで来てくれたのです。

持つべきものは姉弟《きょうだい》！　姉弟。姉とは子どものころから仲が良かったのですが、今回ばかりは本当に嬉しかったです。そして本当に助けられました。例によって多少雑ではあるのですが、山積みだったダンボール箱をテキパキと次々に整理して、片付けてくれたのです。

孤軍奮闘してくれている姉の姿を横目で見ながら、妻はソファーで横になり、ウトウトと眠ります。姉に対して申し訳ないと感じているはずなのに寝てしまうのです。

いくら薬の副作用で眠いのかもしれませんが、段々そんな甘えているようにも見える彼女の姿に腹が立ち、怒鳴りたくなる気持ちを抑えるのに苦労しました。

頼もしい助っ人の姉は四日間居てくれました。もちろんその間の食事の支度、洗濯、掃除もすべてお願いしてしまいました。

姉から見ると、運動会に会ったときよりも更に悪く見えるそうですが、姉が来てもただ横になっている姿を見ると、ひょっとしてこれは、怠け病なんじゃないのだろうか？

そんな良からぬことばかり考えてしまい、ますますわからなくなりました。

四日間は、あっ！　という間に過ぎ、姉が帰る日がきました。

その日の朝、十月の運動会のときは空港まで送れなかった妻が、一緒に見送りに行くと言い出したのです。

やっぱり感謝していたんだよなあー。

当たり前の話だけれど、それにしても送りに行く気力と体力が出てきたということなのか？

それは、いいことだ。喜ばしいことだと、とにかく家族四人で姉を空港に送りました。運動会のときとは違い、感謝感謝の気持ちと別れの淋しさとで全員空港ロビーで大泣きでした。何と御礼を言ったらいいのか、御礼の言葉が見つかりません。

本音はもう少し居て手伝って欲しかったなと、私の姉に対する甘え心が芽を出していました。

それにしても黙って姉を助っ人として送り出してくれた義理の兄にも感謝感謝。四日間不自由させました。本当にありがとう！

奇跡再び

そして、我が家に二度目の奇跡が起こりました。

奇跡というコトバは、たとえば足の不自由な人が歩けるようになったとか、人間の常識では考えられないことが起きることを指すと思うのですが、まさしく自分には奇跡と感じるほどの変化が起きたのです。

空港から戻った妻はふつうに散らかっていた部屋の片付けを始めたのです。

ん？　どうしたんだろう。彼女の動きはスローではあるのですが、自分自身で何かやろうという意志みたいなもので動いているのです。

その勢いで今度は夕食の買い物へ行こうというのです。

うちの中全体が、春の日差しが入り込んでいるように明るくなりました。

こんなにも母親の元気が家族の空気感みたいなものを変えるパワーがある

のかと感心しました。

子どもたちは急に今まで何も無かったかのように、ママと一緒に買い物に行くことをうれしそうにはしゃいでいるではないですか。

そのとき、子どもたちはすごいと思いました。

自分たちのママが倒れてからというもの主導権は父親に移り、子どもなりに今は母親、はい今度は父親と、うまく接し方の使い分けをしていたのだと思うのです。

日和見的《ひよりみ》というと表現が良くないのですが、母親がすることを父親がやっていることに戸惑いながらも、気を遣い、ときにはお世辞も言い、甘えじょうずで、今はママよりパパというように利口に動くのです。

純粋に子どもたちは現実を受け止めて、それに対して本能的に反応していただけで、ママが元気になれば、それはもうハッキリとパパよりママになるわけです。

このとき私は、「ああ、やっぱりママの代役はできないな」ということを実感しました。

自分としては、一〇〇点とは思いませんが、相当頑張ったつもりです。没頭して、半分ママの〝パマ〟になっていたつもりなのです。それでもママという大役の代役は無理だと思いました。

だからこそママには丈夫になって欲しいと切望しますし、ママの価値や大事さというものを本当に再認識させられたのです。

食事の支度や洗濯や掃除をする器用な男性は、世の中にはたくさんいると思いますすし、私よりももっときめ細かにママの代わりに家事をする父親は数多《あまた》いると思います。

子どもにとってはもちろん両親がいることがベストだと思いますし、ママの役割、パパの役割はそれぞれこなすことが理想的だとも思います。

しかし、理屈でわかっていても、私はその現実に嫉妬のようなもの、単純にヤキモチかもしれないのですが、くやしい気持ちが湧いてくるのです。

といってもうれしいヤキモチです。子どもたちがママ、ママと明るくまつわりついているのです。彼女の病気が治って元気になったとまではいかなくても、明らかに彼女自身のやる気が出てきたように見えるのです。

とにかく何もできず、ボーっとしていただけの彼女に何か変化があったのは事実です。

彼女も必死に病気と戦っているのです。

これはそもそも自分の戦いだと思っていた私が、いや、これは私だけでなく、彼女自身だけでもなく、子どもたちだけでもなく、家族全員の戦いなんだと再認識しました。

ときおり自分ひとりで戦っているように感じて、ひとりで悩んでいた自分が恥ずかしくなりました。

子どもたちも彼女もみんなつらかったんだ……。これからは家族全員で力を合わせて妻が元気になることを夢みながら協力して頑張ろうと、そんな勇気が湧いてきたのです。

目標はディナーショー

運動会、引越し、と彼女の精神的な目標になってきたと思われたこと。この目標こそが彼女の元気になるための特効薬だとすれば、今年最後の目標は自分の「ディナーショーを子どもたちと一緒に観《み》に行こう」です。

自分のショーを家族そろって観たことは以前にも何度かありました。

今回は、久しぶりに家族全員、しかも子どもたちの友達でPTAのお母さんもたくさん観に来てくれるということもあり、特別なクリスマスディナーショーになりそうなのです。

心配は、ママがフラフラして歩行もままならない状態で、まして大音量の中、じっと最後まで観ていられるのだろうかということでした。

しかし、そういう場所に出かけて行く気持ちになることが大事なのです。この行事に家族全員で参加するという気持ちを一つにして前へ進むことが大事なのです。

まず自分は子どもたちの洋服を購入しなければと、買い物に行く提案をしました。

身体の成長が著しい子どもたちのサイズに合う洋服（外出用、しかもパーティー用）が無かったのです。しかも二人分。我が家の一大イベントなのでそれは張り切ってしまいます。

今回はもう一人、ママのドレスも購入しなければなりません。二回に分けて買い物に付き合いました。子どもたちの洋服は本人たちの好みもありますが、割りと簡単に決まりました。

しかし彼女の方がそう簡単にはいきませんでした。もともと痩せて華奢《きゃしゃ》な体形だった上に病気のせいで八キロも痩せてしまい、なかなか彼女の身体に合うサイズの服がないのです。

どんなに気に入ったデザインの洋服があってもサイズがないのです。でも、心無しかショッピングをしていろいろな洋服を試着している彼女の横顔がどことなくうれしそうで、微笑んでいるように見えました。

こんな小さなきっかけが、実は病魔と戦い元気な身体に戻れるのかもしれないのだと、心身症と思っているこのころの私は、前向きに考えるように徹しました。

女性はいくつになっても美を追求し愛を求める宇宙の旅人。自分のいう宇宙とは女性の神秘という意味で奥が深いということです。

何とか本人も気に入ったドレスを選び、後は本番の日を待つのみなのです。

＊　＊　＊

十二月二十二日　ディナーショー当日

普段の自分のステージの日と何か違うんですねー。

もちろんふつうのショーのときも緊張はするのですが、心地良い適度な緊張感なのです。

しかし、この日は何か子どものころの学芸会に親とか身内が観にくるような、妙な緊張感なのです。

はたして無事にママは会場まで子どもたちと来られるのか？　という不安も入り混じって朝のリハーサルから変な自分でした。

ディナー開始時間の六時ギリギリに電話がつながり、どうやらママも無事に子どもたちと一緒にホテルに到着したみたいです。あー、ひと安心。

そして、いよいよショーの本番！　スタート。

プログラムをご紹介しておきます。

♪　二億四千万の瞳（郷ひろみ）

♪　どしゃ降りの雨の中で（和田アキ子）

♪　笑って許して（和田アキ子）

♪　夜霧よ今夜も有難う（石原裕次郎）

♪　雪国（吉幾三）

♪　ＢＡＤ（マイケル・ジャクソン）

♪　なみだの操（宮路オサム）
♪　そして神戸（前川清）
♪　布施明メドレー（シクラメンのかほり　他）
♪　チャンピオン（谷村新司）
♪　昴（谷村新司）
♪　ジュリーメドレー（沢田研二）
♪　千の風になって（秋川雅史）

本番中、座席で一生懸命に手拍子や拍手で応援してくれている子ども二人。世界中で一番の自分のファンの子どもたちの姿を発見したとき、自分はこぼれそうになる涙を止めるのに必死でした。

本当に嬉しかったですねー。

元気良く声援を送ってくれている子どもたちの隣の席に座って、自分を少し照れ気味な表情で観てくれている彼女を見つけた瞬間、自分は歌っている歌詞を一瞬で忘れてしまうほど嬉しかったです。

良かった。良かった。と何度も心の中で叫びながら自分は唄い続けたのです。

そして今までで一番！　お客さまだけでなく自分も一緒に感動したステージに酔いしれたのでした。

翌日からは見違えるほど彼女は元気になり、子どもたちと騒ぐ大きな声が家中に響き渡り、信じられない光景が目の前に！

と言いたいところですが、そんなわけないですよー、それは自分の中の妄想と希望と夢であるのです。そうなったらいいなあーという理想でした。

現実はというと、彼女の状態は少しずつ、本当に少しずつ良くなっているものの、見た目ではさほど変わりもしないくらいです。元気なママにはほど遠いのです。

しかし前よりは良い感じがするのです。

人はそれぞれ夢や希望の大きさが違うように、苦しみや悲しみの大きさ、深さは違います。

高望みをし過ぎるから失敗したり、期待はずれの結果に落胆してしまうのです。けっして大きさは比例するとはいえませんが、苦しみに立ち向かうときは強く！　出そうもない答えや、微妙なときは焦らず、優しく！

そして、忘れてはいけないのは、ひとりだけで戦っているのではないということです。みんな何かに向かって進もうとして苦悩し戦っているのです。

だから苦しいのは自分だけじゃないんだ。自分にはたくさんの味方と仲間がいるんだ。

そして、何より千人の軍勢よりも頼もしい子どもたちがいてくれるんだと実感し、この大切な子どもたちを自分が守り、育てていかなくてはいけないのだという自覚を改めて強く持ちました。

妻が元気になるまで自分は走り続け戦う！　という決心に身体が少し震えるのを覚えました。

大晦日の夜

紅白歌合戦を見ながら年越し蕎麦《そば》を妻と子どもたち、そして私の四人家族でズルズルと啜っていました。彼女、そう妻が作った蕎麦です。

来年は良い年でありますように！

第5章

急転回

小さな進歩

新しい年を迎え、この原稿を一旦は書き終え、ペンを擱《お》いてから五ヵ月が過ぎました。

自宅の前の「林試《りんし》の森公園《もりこうえん》」の木々の色は、青々と目に鮮やかな緑色に変わり、それは眩しく、爽やかな五月の風を自分の家の窓に運んできてくれているのです。

お陰様で妻の病状は良くなり、今はすっかり元気になりました！と、報告ができたら良かったのですが……。

じつはまだ、自分にとっても彼女にとっても戦いは続いていたのです。とは言っても、今の彼女は以前とは違い、少しではありますが彼女なりに頑張って、ゆっくり前に進んでいます。

あれほど頻繁に起きていた目眩《めまい》も回数が減り、吐く回数も少なくなってきています。

そして、彼女は最近、朝早く起きて子どもたちのお弁当を作り、子どもたちを明るく学校へ送り出せるようになりました。

確かに小さくても嬉しい進歩です。

その後、彼女は軽く自分とおしゃべりをした後は、食卓の椅子かソファーで横になり眠ってしまうのです。

自分はというと、そんな彼女の寝顔を横目で見ながらテレビでメジャーリーグの試合を観戦し、日本人プレーヤーの活躍を応援しながら朝食をとるのです。

それから二時間もすると彼女が目を覚まします。

そして、軽く、本当に軽く食事をするのです。

自分に言わせれば食事というよりは、何かを口に入れるだけなのです。

たとえば、パンケーキみたいなお菓子に近いものを、一、二枚牛乳で流し込むみたいな感じです。

「そんな量じゃいつまでも元気にならないぞ！」

と注意をするのですが、妻の言い分はこうなんです。

「だって食欲も無いし、朝起きたときにお粥を少し食べたもん」

呆れたものです。

しかし、こんな彼女の食生活を見ていると、何時までたっても体力も付かず元気になるはずがない！

そんな心配をよそに、妻は洗濯機から洗った洋服を出して物干しに、ゆっくりと本当にゆっくりと洗濯物をかけていくのです。

妻の身体は肉体とは呼べず、拒食症になった女性のようで、太もものサイズにしても、自分の二の腕の太さもないくらいの細さになってしまっているのです。

正直、彼女と戦ってきた病気が治ったかどうかもわかりません。

今は健康な身体になってくれることが願いなのです。

こんなに健康という言葉が重く遠くに感じられたことはありませんでし

た。

そして、健全な肉体があって、初めて健全な精神が宿るものだと自分は教えられたのです。

一日も早く妻が昔のように元気になり、また二人で美味しい酒でも飲みながら、笑って話ができる日が来るように、自分の小さな戦いは続くのだと思っています。

そして世界中で一番強力な二人の助っ人の子どもたちも、自分以上に強く強くママが元気になることを願っていると思います。

五月二十三日（金）　疑惑

妻の調子の良さそうな日々は、そう長くは続きませんでした。

このころになると、自分はもう打つ手が無くなり、この後どうやったらいいのかもわからなくなっていたのです。

神様、仏様、ありとあらゆることをしてきたんです。このわけのわからない病気が良くなるのならと必死でした。

しかし妻の肉体自体が心配になってきました。日常の生活を普通に送れない。というよりはこのままだと栄養失調か何かでどうにかなってしまうのではないか？　違う病気になって倒れてしまうのではないか？

そんな不安に掻き立てられ、何とかしなくては！　と、まずは「マナクリニック」の山口先生のところで点滴をしてもらおう！　少しでも栄養になるものを身体に入れてもらおう！　そう思い、彼女を病院に連れて行くことにしました。

最終的には十五キロも痩せて、ひとりで歩くことさえしんどそうな彼女を、久しぶりに診た山口先生の口から出た言葉は意外なものでした。

今までだと、

「むー。困ったもんだねー……」

だったのに、今回は違っていたのです。

「この痩せ方は尋常じゃないなー」

そのときの先生はいつもより冷静で、何かその出てくる言葉も信憑性《しんぴょうせい》の強いものに感じられたのです。

「今までいろいろな検査もやってきたのですが、子宮に関する検査はまだやっていない。今まで思ってもいなかった病気が原因で彼女を苦しめているのかもしれない……。検査をする必要があるなー」

と先生はいくつか病院の候補を挙げてくれました。その結果によってはどうにでも対応できる総合病院がよいだろうと、広尾にある都立広尾病院に決め、先生が紹介状も書いてくれて、早速次の日に病院へ行くことになりました。

そんなに何度も病院に行った経験がないにしても、大きな病院は時間がかかる、待たされる、といった知識はありましたので、それなりに覚悟はして、十一時の予約でも十時半には病院に着き、そして待っていたのです。

婦人科の検査、と思っていた自分が先ず行った病棟は精神科でした。そうか、先ずは精神科の先生に今までの流れを理解してもらい、次の検査に進むのだな、と。

それにしても精神科、神経科とコトバの響きだけで腰が引けるような思いで待合室で待ちました。

とにかく沢山の人が診察を受けに来ているのにはビックリさせられました。

番号を呼ばれるまでの時間、他の人が呼ばれ席を立つと、あの人はどこが悪いのかな？　この人はどんな悩みを抱えているのかな？　とか、その度に妻と二人で人間ウォッチングみたいなことをやりながら自分たちの順番が来るのを待っていました。

十一時の予約が取れていたにもかかわらず、やはり時間はかかり、呼ばれたのは四十五分も遅れてからでした。

個室の診察室に通され、そこには二人の先生が座っていました。

思わず、若い先生だなーと思いました。

その先生は今までの経緯を聞きながら、慣れた手つきでこと細かくパソコンの電子カルテに打ち込んでいきました。

自分も同席したのには、理由があったのです。

彼女自身がコトバを話すことすらつらそうだったのと、病気の経緯を含めて自分がよーくわかっているので、先生に誤解のないように説明できるのは自分しかいない！　と思い同席したのです。

勿論、先生は彼女の受け答えも含めて診断しているので、自分はなるべく出しゃばらないように。そうは言っても、つい口を挟んでしまう自分でした。

おそらく、自分がしゃべったせいもあり、この日の診察は時間がかなりかかってしまったと思います。

結局先生は違った角度から診てみたい、ということで以前に検査したとはいえ、もう一度ＭＲの検査をしましょう、ということになりました。

自分の仕事のスケジュールと先生のスケジュールを考えながら一週間後

の六月二日に決定し、病院を後にしたのです。

若い先生とはいえ、甲状腺を含め疑わしいところは全部調べてみましょう！　というその判断力みたいなものの力強さに、少し安堵の気持ちで二人は家路に就いたのです。

検査の日、「嘘だろ！」

スケジュールを縫って決めたとはいえ、この日、自分は午後からテレビの収録の仕事が入っていたのです。

ＭＲの検査、そして先生の診断となる予定時間が間に合えば、先生の話を聞いて仕事に行けばいいだろう、ＭＲの検査は以前にも受けているし、自分も何度か経験しているので、時間的な読みはできていました。

しかし、この日は初めての経験で、造影剤を注射するのでその同意のサインをお願いしたいと言われたのです。

勿論、より鮮明に詳しくわかるのであればOKなのでサインをしたのです。

四十分から五十分で検査も終わり、後は先生の診断を待つのみ。

しかし、ここからがまた長い時間待たされることになったのです。

自分はこのままだと収録に間に合わないかも、と判断をし、ひょっとすると遅れてしまうかも、と番組のディレクターに連絡を入れ、順番がくるのを待っていたのです。

検査の結果が何でも無いことを想像しながら、もちろんそれは昨年の夏に検査をして何の異常もなかった事実を踏まえた上の安心感があった余裕の気持ちだったからです。

しかし、この余裕がものの見事に崩れることになるとは、微塵もこのときは思うはずもなく、自分は病院の外にある喫煙コーナーでタバコをふかしていたのです。

先生にＭＲの結果を診てもらえる時間まで病院にいると収録の時間に遅

れてしまうので、無理を言って少し前倒しで診てもらうことになりました。

手短に担当医の先生は説明をしてくれたのです。

「私は専門医ではないのでよくわからないけれど、ちょっとここの影が気になるんです。脳外科に回すので診てもらいましょう」

エ？　何、何？　自分は少し不安になったのですが、動揺を抑え脳外科の受付に向かったのです。

時間的にギリギリでしたので不安そうな妻を残して、自分はやむなく仕事のため病院を後にしました。

現場にはギリギリで間に合い、バタバタで収録スタート！

『ものまねバトル』の子どものような番組で、深夜に放送している『ものまね☆バトルクラブ』です。もう、かれこれ十年以上続いていて、結構くだらないことを真面目にやるのですが、それが逆におもしろい番組になるのです。

若手のものまね芸人とワイワイとやりながら、一本目の収録が終わり、休憩の時間、結果が気になっていた自分は、すぐに妻に電話を入れました。

そして、そのときに驚愕《きょうがく》の事実を知ることになるのです。

今まで生きてきて感じたことのない驚きでした。

電話の向こうで話す妻の声は落ち着いた様子で、割りと淡々と、ひとごとのように説明を始めたのです。

その内容とは、

「MRの結果、脳腫瘍《のうしゅよう》が見つかったの！」

このときの気持ちは、何と表現したらいいかわかりません。

今日まで違う病気だと思い込んで、それと戦っていたのに相手が全然違っていた！　どうすればいいいんだ⁉

脳腫瘍。

この病気のコトバの響きだけで倒れそうになりました。

妻に何とコトバをかけていいのか？　励ます言葉も慰めの言葉も、とにかく頭の中が真っ白、身体中の血液が逆流するような……とにかく冷静を装い自分は電話を切りました。

嘘だろ！　嘘であってくれ！

自分は強い人間ではない。こんなとき自分はどんな態度をとればいいのだろう？　冷静に周りの人に悟られることのないよう、落ち着け！　と自分に言い聞かせて二本目の収録が始まりました。

何をしゃべったのか、どんな内容だったのか憶えていません。とにかく早く収録が終わらないかを考えていました。

ふつうだったら、番組収録が終わると出演者たちと、食事会へ流れるのですが、誰にも挨拶もせず急いで自宅へもどったのです。

移動中、自分はどこの道をどんな風に走ったのか何も憶えていませんでした。

帰ったら彼女に何と声をかけようか？　何と勇気付けようか？　否、逆に普通に接しようか……。

それにしても、脳腫瘍という言葉の迫力に戸惑うばかりで、頭の中はまさにパニック状態だったのです。

帰宅し、自分はなるべく冷静を装い、傍に子どもたちもいたこともあり、子どもたちに気付かれないよう会話を始めたのです。

ところが、自分の予想とは裏腹に、彼女は意外と冷静だったのです。こういうときはやはり、女性の方が肝っ玉が据わっているというのか度胸がいい、というのか、とにかく男の自分が情けなく感じたのです。

その夜、ベッドで隣に寝ている彼女が、ずうっと考えごとをしていたのを感じながら、自分もなかなか眠れませんでした。

仕事で神戸へ

こういうタイミングのときに仕事が立て込んでいるもので、この日も自分は神戸でショーの仕事があり、慌ただしく支度を済ませタクシーで品川駅に向かいました。

普段は妻が荷作りをしてくれて、自分は何もしないで出発！　なのですが、さすがにこの日の彼女は朝からフラフラして調子が悪そうだったので、自分が荷作りをしたのです。

準備万端、余裕で早く駅に着いたらコーヒーでも飲もうと……、というか彼女といる時間がつらく、彼女の顔も直視できなく、早く一人になって自分の心の整理をしようとしていたのです。

三十分以上も余裕で駅に着いたのはいいのですが！

大事なものを忘れてきたことに気が付いたのです。これから自宅に戻り、新幹線の時間に間に合うのか？　余裕どころかピンチ！

慌ててタクシーを拾いUターン。

……何をやってるんだ自分は！

ギリギリの時間で自宅に戻り玄関へ。迎えてくれたのは作り笑顔でメイク道具の入ったポーチを渡してくれた妻の優しい顔でした。

複雑な心境の自分も照れ笑いをしながら玄関を飛び出して行ったのです。

どうにかこうにか新幹線に間に合った自分は、ほとんど席に座ることなく電話のかけられる場所で友達、知人にどこか良い病院、手術をしてくれる先生を知らないか？　情報を集めまくりました。焦っている自分を感じました。

こんなときに焦らない人間なんかいるのか！

なりふり構わずでした。

たまたま、何年ぶりで同じ車両に乗り合わせた知人がいました。知人といってもそんなに仲が良いほどではないのに、

「どこか、いい病院、知らないですか？　妻がこうこう、こうなんです……」

と、相談したのです。とにかく必死でした。

一人になって冷静になるどころか動揺しまくりで、あっ！　という間に神戸に到着。自分の職業は親の死に目に会えないと知ってはいたものの、こんなときに周りの人間に悟られることなく、平然と仕事をこなさなくて

はいけない立場なのです。
自分の妻に、けっこう大きめの脳腫瘍ができている……。
リハーサル中、普通にしていよう！　という思いとは裏腹に、歌ってい
る間中、なぜか涙が込み上げてくるのです。
涙がこぼれないように必死でした。人を笑わせて、楽しませて、元気を
あげる！　これが自分の仕事なのです。
本番は無事終わりスタッフと軽く打ち上げ。明日また東京へ戻り夕方か
ら仕事、その次の日は九州・福岡、一日置いて今度は名古屋。
こんなときに限って、どうしてこんなにハードなスケジュールなんだ！
神戸にいる自分の知人が、海外からも有名なスポーツ選手、著名人等が
検査に来るほどの新しい機械を持っている病院を紹介してくれました。
そこで再度詳しい検査をしてもらい、その腫瘍の手術の一番得意な病院、
先生を紹介してくれるというネットワークを持っている病院だそうです。
知人の根回しで、予約無しに明日検査をしてくれるという話になりまし

た。

東京に戻った自分は、妻を連れて朝からその病院へ。

自分はその病院で初めて妻の脳腫瘍の写真を見たのです。それは、自分の眼で実際に確認したのですからショックでした。

縦四・五センチ、横二・五センチくらいの腫瘍。

驚きはその大きさだけではなかったのです。悪いことに妻の腫瘍は脳幹という非常に大事な命を司《つかさど》る場所にあったのです。

しかも髄液《ずいえき》が流れるところを塞《ふさ》いでいるため、水頭症になっており、それが原因で様々《さまざま》な症状を引き起こしているのだというのです。

自分の耳を疑う？

ショックを通り越してしまい、言葉を失うというのは、こんなときに使うのか！

脳幹を触《さわ》れないので、かなり難しい手術になるというのです。

自分の横で聞いていた妻は、どんな気持ちだろうか？　さすがに動揺は隠せない様子の彼女を自宅に送り、自分はまた仕事場へ向かったのです。

あー！　こんなときに妻を残して仕事へ行かなくてはいけないのかと、自分の職業を悔やんだのは二度目でした。

この日の仕事は早めに終わり、自分は自宅へ戻り妻と今日の病院の話をしました。

これからは我々で、どこの病院でオペをするかを決めるのです。

兄妹、親戚、友人、知人等の数多くの意見が寄せられ、非常に参考になりました。しかし、それが逆に二人を迷わせる結果にもなったのです。

さすがに気丈だった妻もやはり、これだけ沢山の情報が入ってくると不安になってきたみたいで困惑した様子です。

無理もないですよねー……。逆にこれが自分だったら?!　と考えると……。

もっと、もっと怯《おび》えて、怖くて、怖くて、もうどうにかなってしまうのか想像もつきません。

そう考えると妻は立派だ。まだ落ち着いている方だ。ここで自分がもっとしっかりしなくては！

結論としては大学病院での大手術。どこの病院にするか？　決めかねます。決めても、実際に診てもらえるのか？

いろいろ、問題は山積み！　焦ってはいけない。しかし一日も早く！　なぜなら妻の状態がますます悪くなってきているのです。

言葉にはしないにしても妻の「早く病院を決めて」。そんな心の叫びが自分には聞こえてくるのでした。

苦悩という言葉はこういうときに使うんだなーと実感。自分は結論を出しました。

検査機関の病院の院長が、仕事でニューヨークに行っており、帰国が来週の月曜日。それまで待って、その院長に指示を仰《あお》ごう。

妻の腫瘍が見つかってから十日ほども経っていたのです。

六月十一日（水）　病院決定へ

夕方、先生とアポがとれて、この日は自分と二人だけで先生と話をすることにしました。

この日、先生はあらためて妻の病状、腫瘍の真実等を真剣に実に冷静に分析、説明をしてくれた上で、いよいよ本題である病院の選択です。

素人の自分たちの情報と同じ病院の名前が出ると、少し安心？　何に安心しているのか、よくわからないけれど……。

わかりやすく、丁寧に説明をしてくれて、候補の大学病院が三つに絞られました。

ここからは、今、目の前にいる院長の手腕で、ネットワークとコネクションを駆使《くし》し、手配をしてくれるのです。

祈る気持ちで待ちました。……

それは異例のスピードで不可能が可能になり、妻の入院する病院が決まりました！

「順天堂大学医学部附属順天堂医院」

まず一つ決まった。しかし、もの凄く混んでいるため明日すぐに入院とはいかないみたいで、後二、三日待つことになりました。

自分を支えてくれた、たくさんの友人や知人に「ありがとう！」の言葉を！

そして感謝！

しかし、自分の中ではまた新しい戦いが始まる予感が、いや、予感ではなく、もう既に始まっていたんです。

昨年までの戦いは単なる予兆であって、これからが本当の、本当の戦いなのだ、と……。

妻の体調は最悪で、相変わらず吐きまくりで、一刻も早く入院したい！

本人はそれこそ一日千秋《いちじつせんしゅう》の思いでその日を待ち望んでいたのです。

その電話が鳴ったのは朝十時過ぎでした。

来た！　そして早く体力を付けて手術を受けよう。

六月十九日（木）　入院

昨年は突然の入院、今回は準備万端で余裕を持って入院することができました。

六月十九日に入院をして、三日目に院長から連絡が入ったのです。

それは意外な連絡でした。

「入院しても、やはり吐き気が治まらないので、これは水頭症の影響によるものだと思われるので急遽、手術をしましょう」

「え？　あ、はい……」

そんな気持ちでした。

腫瘍摘出手術はまだ先だと思っていましたから驚きました。

六月二十三日（月）　水頭症手術当日

病院の話によると、今日の他の手術が終わってその後、午後五時過ぎか六時くらいになる予定だと。その時間なら子どもたちが学校から帰ってきてから出発しても間に合うぞ！

早めに夕食の買い物に行き、急いで支度をしてと。ちなみに今夜のメニューはシチューとコロッケ。

四時くらいには自宅を出て、手術前の妻を励まそうと考えていました。いくら度胸が据わっている彼女でも、さすがに初めての手術は不安と恐怖心でいっぱいだろう。

じつは自分も、何年か前に右足静脈瘤の手術の経験はありましたが、本当のところ怖くて怖くて、手術の直前に逃げ出したいと思ったほどビビりまくっていたので、彼女の気持ちはよーくわかりました。

自分がそろそろ出かけようとしたときです。

電話が鳴りました。

妻からの電話でした。

「時間が早まったの、これから手術室に入る」

うそー！　話が違うよー。

手術前に顔を見て元気付けようと思っていたのに……。

とりあえず急いで病院に車を走らせました。

＊　＊　＊

車を運転中に不思議な気持ちに襲われました。

普段、一緒に居るはずの人間がいなくなるとそれは淋しいものです。

昨年もそうでしたが、子どもたちを学校に送り出した後は、誰も居ない自宅でひとり、急に淋しくなったりしたものでした。

そして、今回も同じように子どもたちがどれだけ自分の心を癒《いや》してくれたことか……。

しかし、その淋しさとは一味違っていたのです。

今回の自分を襲った気持ちは、まるで大失恋でもしたかのような、いや、その何十倍の強さで胸がしめつけられるような気持ちが込み上げてきたのです。

ハンドルを握りながら、なぜかあふれ出す涙が止まらないのです。

せつなくて苦しくて……。

どうしたんだろう？　自分は……。

＊　＊　＊

手術は約二時間で終了！

「無事、うまくいきましたよ」

医師からの連絡が入り、面会ができますよ、とのこと。

この手術の為にわざわざ札幌から来てくれた彼女の妹と二人でＩＣＵ、いわゆる集中治療室へ。

テレビのドラマとかでは見たことはあるものの、本当の集中治療室に入るのは初めてです。

その名前を聞くだけでビビッてしまいそうな空気の中、妻のいる部屋へ。そのベッドにいる彼女の顔を見ただけで、どれだけ大変な手術だったのか、想像できました。

現実問題、たくさんの管と器械に繋がれた妻の姿を見ると、何とも気の毒で……。

自分は、こんなときにどんな言葉をかけてよいのか、気の利いた言葉も見つからず、結局、

「よく、頑張ったね！」

と月並みな言葉しか出てきませんでした。

＊　＊　＊

無事手術も終わり、今後の病院の方針を担当の先生から話を聞き、自分は、心配している子どもたちに報告するために病院を後にしたのです。

ほっ、と安心。

しかし今日の手術はまだ登山でいう一合目を登っただけで、これからが本番なのです。

これは一時しのぎの応急手術、しかし子どもたちにはよく理解できていないのであるから……。

とにかく「手術はうまくいったよ！」と伝えました。

手術が終わってから、検査をしたり様子をみたりして、四日目に病院から連絡がありました。

「いよいよ腫瘍摘出する手術の日程が決まりましたよ」

七月四日の午後予定。

遂にこの日が来た！

早く、早く、手術をして、その悪い原因を、妻を苦しめていた根源を取り除いてくれー！　と叫んでいた心、願っていた気持ちが成就《じょうじゅ》したのです。

その手術の難しさを知っている自分は、武者震《むしゃぶる》いにも似たような不思議な恐怖心に襲われたのを憶えています。

脳幹にできているこの四・五センチの上衣腫《じょういしゅ》。

脳の中の髄液を作る脳室という場所の表面を覆っている、上衣細胞というものが腫瘍化したのだという説明を受けました。

これを完璧に取り除くことは大変困難で、下手にそこに触ると呼吸器系などに後遺症を残してしまう難しい手術だといいます。

うまくいくのだろうか?

とにかく祈るしかない!

＊　＊　＊

親、兄妹、知人に手術の日程が決まったことを連絡。

二十三日の最初の手術のときに来てくれた妻の妹が再び東京に、そして昨年から度々来てくれている我が家の強力助っ人の姉が前日から東京入り！　そして、いよいよ決戦の日。

いや！　ここからは自分たちではなく妻自身の本当の戦いが始まるのです。

七月四日（金）　腫瘍摘出手術当日

担当医師によると、手術開始の時間は午後二時か三時くらいになるという……。

じつはこの日、子どもたちを病院に連れて行くことはやめよう！　と、自分は考えていました。

なぜなら、その光景は子どもたちにとって、何かとてもショッキングな光景に見えてしまうかも。

子どもたちにはちゃんと受け止められないかもしれない。そんな不安があったので、連れて行くか行かないか、迷っていました。

しかし、急遽《きゅうきょ》自分は、子どもたちを病院に連れて行くことにしたのです。

金曜日は午前授業、学校へ迎えに行き、そこから病院へ！

これから大手術へ向かう妻には、子どもたちの明るい応援が何よりの力に！　そして勇気になる。そう信じて出発したのです。

＊　＊　＊

手術予定日の二日前に病院へ行き、担当医から手術の詳しい説明がありました。

説明とは言っても、自分にとってはその内容はほとんど、どうでもよく、結果だけが問題でした。

その結果が、最悪の状況になるかも?!　といった、表現は悪いですが脅《おど》しに近い説明なのです。

正直、聞きたくない内容ですよ。もちろん妻も同席して横でその説明を聞いていたのですから、ただただ不安が大きくなるだけの二人だったのです。

そして、血漿分画製剤《けっしょうぶんがくせいざい》使用、輸血等の手術に関する説明、同意書なるものに数枚サインをしました。

血漿分画製剤というのは、献血などで得られた血液中の血漿成分を大量にプールして、治療に有用なタンパク質を精製したものだそうです。感染症の恐れはまずないにしても、一応の承諾は必要なのでしょう。

手術の所要時間は最低でも十時間くらいはかかりそう。

きっとうまくいく！　そう信じたい気持ちでいっぱいでした。


そんな大手術直前。

子どもたちはことの重大さを理解するわけでもなく、ごく自然に母親とベッドに座り戯《たわむ》れていました。

子どもたちを連れてきて良かった。

＊　＊　＊

看護師さんたちの動きが慌ただしくなり、いよいよ、準備が始まりました。

本人、最後のトイレに行き手術用の病衣に着替え、そしてストレッチャーに横になり、手術室へ移動開始。

なぜか溢れ出す涙をグッと堪えるも、周りの二人の姉妹は涙でいっぱい！

「頑張って！　大丈夫だよ！」と、レイナ。

何となく異様な雰囲気に、娘の眼にも大粒の涙が……。

大きなエレベーターに乗り、手術室の入り口でお別れ。

妻は最後の力を振り絞って自分たちに細く白くなった手を振り、手術室へと消えて行きました。

「きっと、うまくいく。大丈夫。先生お願いします」

神様、ママをお守り下さい。

祈る気持ちで見送り、自分は子どもたちを一度自宅へ帰宅させて再び病院へ戻りました。

＊　＊　＊

午後二時から始まった手術は十時間を経過し、すでに日付けが変わっていました。

手術の間、待っている病棟の小さなロビーも、夜九時には消灯され、聞こえてくるのは看護師さんたちの夜中にもかかわらず忙しく動き回る靴の音、時間に関係なく鳴り止まぬナースコールの音。

早く、手術が終わった！　という連絡を聞きたくて、妻の妹と二人だけで待っているものですから、その雑音の中からナースセンターの電話の音がときおり鳴ると、あ！　来た？

これを何度となく繰り返し、ひたすら待つこと十一時間半。

これだけ長い時間を感じた経験はありませんでした。

とにかくうまくいってくれ、と祈ることしかできない時間を、待つ、待つ……。

待ちわびた連絡が入ったのは、時計の針が一時三十分を少し回ったときでした。

妻の妹と二人で手術室へ向かい、ＩＣＵの待合室で担当医の手術の結果を聞きました。

手術は成功！　しました。

良かった！　良かった！　良かった！

とにかく無事に生還したんだー！

「お帰り！　よく頑張ったね」

と、眠ったままの妻に声をかけて自分は病院を後にしたのです。

＊　＊　＊

本当の話――。

妻の手術はかなり難しく、問題のある手術でした。それが成功したんです！

得体の知れない原因不明の病気と戦ってきて、本当の病気の原因がわかったことも奇跡。そして、その手術が無事に成功したことも奇跡と言っていいのだと思います。

そんなことは他人には奇跡でも何でもないかもしれない。しかし、自分の家族にとっては奇跡以外の何ものでもないのです。

そうなんです。小さな奇跡の繰り返しが起きて、自分の家族は歩いてきたのです。

そして、たくさんの人たちに支えられ、助けられて、この戦いを乗り越えることができたのだと、感謝の気持ちでいっぱいです。

この戦いでいろいろなことを知り、勉強させてもらったような気がします。

まず、健康であることの大切さと意味。

子どものぬくもり、けなげさ。

人の優しさ、温かさ。

そしてそれらの何にも増して、女性の偉大さ、強さ。

一生懸命、ママの「代役」を務めようと奮闘した自分も、結局、本当のママの「代役」にはなれなかった！

ママという存在、ママの果たしている役割、それが、いかにかけ替えがなく大きいかを、改めて思い知らされました。

かりに、自分がいくら達者な「役者」だったとしても、

「ママの代役はできないよ！」

「ママ、早くママ役に復帰してよ！」

それは子どもたち以上に、自分にとって切実な、悲痛な叫びでした。

ママはこのあともまだしばらくは、すっかり〝元気なママ〟に戻るまで時間がかかると思います。

それは大変な努力をしなければならないと思います。

本当の戦いは、じつはこれからかも知れません。

しかし、再確認したママの強さ、偉大さは、この戦いをきっと勝ち抜いてくれます。

私たち家族も、

「自分たちにはまた大きな目標ができたのだ」

と考え方を変え、ママが健康な身体を取り戻し、家族四人で笑いの溢れた明るく健康な家族になるまで頑張ります！

そしてそれが、わが家族の夢ではなく希望なのです。

＊　＊　＊

そんな日が来ることを願いながら、そしてもう一つ、自分がいつか下手な「ママの代役」から降板でき、悪戦苦闘の家事から解放される日を思い描きながら、筆を擱こうと思います。

おわりに

私が初めて絵画を描こうと筆を持ったのが、ちょうど五十歳の誕生日を迎えた日から一週間が過ぎたころでした。

子どものころから絵には興味を持っていたものの、実際に絵を描こうとまではいかないものでした。

でも、何事にもきっかけというものがあるのです。それは、運命的なきっかけと、宿命的なきっかけがあるのだと思います。

「運命」とは、自分の意志を超えたところで仕組まれているようなめぐり合わせのことをいい、前世から決まっているその運命を「宿命」といいます。

私の初めて描いた絵画は自分の干支である〝辰の絵〟でした。辰の絵を描いたことが運命的か、宿命的かは、私の中では答えは出ていません。

しかし、〝辰〟の絵をきっかけに、〝富士山〟〝馬の親子〟〝夫婦鯉〟と、数はまだ少ないのですが、徐々に描いていくようになりました。

そんな私がおかげさまで、今年で芸能生活二十周年を迎えることができ、その記念に、何かやりたい、残したい、という気持ちが芽生えていました。おりしもそんなとき、私にとっては初めてのことですが、「著書を出してみてはどうだろう?」という話が持ち上がりました。自分のためにも、今まで支えてくださった周囲の人たちに感謝の気持ちを込める意味でも、いいかもしれないという気になりました。

これも運命的? と思いましたが、たとえそうであれ、そんなことはこだわることではなく、私はチャレンジすることが大事なのだと、本を書くという新しい挑戦に意欲を燃やしたのです。

さて、「何をテーマに書こうか?」

早速、このことが私の頭を悩ませました。最近でも芸能人が出した本が話題になり、本当によく売れているんだなあ、と今までより興味を持って売れ筋の本とはいったいどういうものか、気にかけるようになりました。

でも結局、芸能人の書いた本で売れているものは、下世話なものが多く、その理由はおそらく、同業仲間、一般大衆の好奇心をくすぐるからでしょう。悪い言い方かもしれませんが、もともとそういう読者層を狙って刊行すれば、すぐに飛びつく人たちがいて、ある程度は売れるのだと思いました。

「そんな考えで書く本など、ろくな本ではない」

これが自分らしい、五十五歳の男の心の声でした。そして、素直な飾らない感じで、肩の力が抜けた本が書けたらいいなあ！　という願望を胸に、筆を持つことにしました。

心が定まれば、テーマは割りとすぐに決まりました。私が経験した昨年の夏の「戦争体験」なのです。

戦争といっても、国と国が争う戦争のことではありません。不器用なひとりのおやじが妻の病気がきっかけで、代わりに主婦業をしなければならない羽目《はめ》になり、悪戦苦闘して家事と子育てという二つの大きな未知の山にぶつかって行く、その「戦い」をこの本で描きました。

その経験の中で、私はいろいろな発見をしてはすぐ泣いてしまう、涙もろい男、情けない男をさらけ出してしまいました。

そして、今まで主婦の仕事をあたりまえのように思って深く考えてもみなかった自分が、妻の「代役」を務めることで、女性の強さ、母親のすごさを思い知らされました。そのことを赤裸々に語ることにより、みなさんにも同じことを再認識していただける内容になればと念じました。

そして、何より父親の私を救ってくれたのは、二人の幼い子どもだったのです。

冒頭に書いた「絵」について、その原点が〝辰の絵〟から始まり、〝夫婦鯉〟〝親子の馬〟と、テーマが移っていったのは、あとから思えば、偶然にもこの本の中で言いたかった〝夫婦愛〟〝親子愛〟に引き寄せられてイメージしていたような、運命的な暗示のような気がしました。

思いっきり感動、涙、涙といった物語ではありませんが、小さな子どもを持つ父親が、家族全員で妻の病気と戦いながら生きて行く姿に、ちっちゃな勇気と本当の感謝の心が伝われば幸せです。

岩本恭省

平成二十年八月

著者プロフィール
岩本 恭省（いわもと きょうせい）
1952年４月生まれ。北海道出身。
1989年フジテレビ「第21回オールスターものまね王座決定戦」に初出場で初優勝。これを機にプロデビュー。その後、新時代のものまねパフォーマーとして、ライブステージを中心に真のエンターティナーを目指して着実に歩んできている。
ものまねコレクションとしては、布施明、沢田研二、和田アキ子、谷村新司、西城秀樹などレパートリー多数。他にも司会、ドラマ、ミュージカルなどのほか、映画にも進出し、俳優としても注目を浴び、分野を問わず、活躍の場を広げている。
趣味はゴルフ、パソコン、絵画、特技はダーツ、料理。家族は妻と子ども２人。

代役パパのものまね主婦大作戦

2008年11月15日 初版第１刷発行

著 者 岩本 恭省
発行者 瓜谷 綱延
発行所 株式会社文芸社
〒160-0022 東京都新宿区新宿１－10－１
電話 03-5369-3060（編集）
03-5369-2299（販売）

印刷所 図書印刷株式会社

ISBN978-4-286-05417-9